Pongü

Weitere Bücher von Nicolas Wydmer:

Willkommen im Wahnsinn (Das Bullshit Bingo Blog 1)

Informationen und Leseprobe auf
www.pongu.ch

Nicolas Wydmer

WIR WINKEN VOM ELFENBEINTURM

———————————————————

Das Bullshit Bingo Blog 2

———————————————————

Roman
(denn das kann unmöglich alles echt sein, oder?)

Pongü

1. Auflage 2015

Umschlaggestaltung: Pongü Text & Design GmbH

ISBN: 978-3-9524326-3-1 (Print-Ausgabe)
ISBN: 978-3-9524326-2-4 (eBook)

Memo an mich

Wie überlebe ich einen Arbeitstag?

☐ Berufliche Erfolge
ausgiebig geniessen. Sie
sind selten genug!

☐ Rechtzeitig in den
Schützengraben tauchen, um
den Querschlägern in der
Geschäftsleitung auszuweichen.

☐ Mich strategisch dumm
stellen, damit der interne
Sondermüll nicht auf meinem
Schreibtisch landet.

☐ Die vierzehntäglichen
Teambildungsevents
durchstehen, egal wie.

Nicolas Wydmer

* Inhaltsverzeichnis *

Woche 14

Montag, 11. April, 6.55 Uhr

Mein Name ist Nik Wydmer. Ich bin 36 Jahre alt. Heute beginnt meine vierzehnte Woche als Leiter Kommunikation bei BuBi AG, einem kleinen Finanzdienstleister in Zürich.

Während ich normalerweise wach und ausgeglichen zur Arbeit erscheine, bin ich heute müde und gereizt. Am vergangenen Freitag und Samstag war wieder Teambildungsevent. Allen, die Vollzeit arbeiten, fehlt an diesen Wochenenden ein Tag zur Erholung – oder auch nur zum Wäschewaschen. Bei mir liegen noch fünf nicht gebügelte Hemden im Wäschekorb, was ich nicht haben kann.

Ich starte meinen PC. Ein Blick in meine Inbox zeigt sechs neue Mails von Stefan Leuli, meinem CEO. Getreu dem Prinzip, dass der frühe Vogel den Wurm fängt, hat er um halb sechs zu arbeiten begonnen.

Ich öffne die erste Mail.

Bevor ich Leiter Kommunikation – auf Neudeutsch auch Chief Communications Officer (CCO) genannt – wurde, war ich Online-Chef beim gleichen Unternehmen.

Die beiden Jobs sind so unterschiedlich wie Tag und Nacht.

9

Als Online-Chef existierte ich für den Rest der Organisation nicht. In jedem Geschäftsprozess war ich zuletzt dran, wenn man mich nicht gänzlich vergass. Es war ein beschaulicher, perspektivenloser Fensterjob, in dem ich ein kleines Team leitete.

Klingt schrecklich?

War's überhaupt nicht. Ich war zufrieden mit meinem Leben.

Bis dann der Tag kam, an dem mir die Geschäftsleitung ein Angebot machte, das ich nicht ablehnen konnte.

Es begann mit einem telefonischen: "Wydmer, daher!" Dann stand ich vor der Geschäftsleitung wie ein armer Sünder vor seinem Richter. Und als ich den Raum verliess, war ich Leiter Kommunikation von BuBi AG.

Nicht etwa, weil meine Leistungen so gut waren – oder gar, weil man an mich glaubte. Nein. Ich war die pragmatische Negativwahl, nachdem die Geschäftsleitung trotz intensivem Headhunting von allen externen Bewerbern nur Absagen erhalten hatte.

Und aus Nik Wydmer "warte mal, ich glaube, der macht bei uns doch ein bisschen online und so" wurde plötzlich eine zentrale Drehscheibe im Unternehmen. Denn der Job als Leiter Kommunikation ist in vielerlei Hinsicht das Abwechslungsreichste, was man sich beruflich antun kann. Wer gerne selbstmotiviert arbeitet, findet hier eine grosse Spielwiese.

Inzwischen habe ich Leulis erste E-Mail gelesen. Er ist am Quengeln, weil der Teambildungsevent nicht seinen Vorstellungen entsprach, und befiehlt mir, den externen Organisatoren den Kopf zurechtzurücken.

Ich kondensiere seine zwanzig Zeilen lange Litanei im Word zu einer Bullet-Point-Liste, kopiere diese ins E-Mail-Programm und sende sie mit einer kurzen Einleitung und der Forderung nach Stellungnahme dem externen Veranstalter, mit cc an Leuli.

Sache erledigt.

Das Interessante an meiner Funktion als Chief Communications Officer entsteht aus ihrer transdisziplinären Value Proposition. Will heissen: Am Ende ist alles Kommunikation und somit landet jedes Lowlight, an dem sich niemand sonst die Finger schmutzig machen will, auf meinem Tisch. So wie gerade gesehen.

Es hätte auch das Einschreiben eines schon zu Tode genervten Kunden sein können, der mit seinem Anwalt droht. Oder die Aufforderung eines städtischen Amtes zu beweisen, dass die von unserem Unternehmen verwendeten Abfallcontainer tatsächlich irgendeiner obskuren DIN-Norm entsprechen.

Die zweite E-Mail von Leuli hebt meine Stimmung.

Ein namhaftes Schweizer Wirtschaftsmagazin will mit ihm ein Interview machen. Ich soll ihm Feedback zu den erhaltenen Fragen und seinen Antworten geben.

Mache ich gerne. Und ich werde mich hüten zu motzen, dass die Anfrage direkt an Leuli und nicht – wie es eigentlich korrekt wäre – über mich als Ansprechpartner für die Medien gestellt wurde.

Den Chefredaktor des Wirtschaftsmagazins und Leuli verbindet eine abgrundtiefe Hassliebe. Wenn sich die Wege der beiden kreuzen, fliegen die Fetzen. Aber beide sind Profis in ihrem Bereich und schaffen es jedes Mal, Topinhalte zu produzieren, die von der Presse schweizweit aufgenommen werden.

Die Medienabdeckung unseres Unternehmens in der zweiten Monatshälfte ist somit garantiert und ich kann mir das Klinkenputzen bei den Redaktionen sparen. Das ist doch ein nettes Resultat für noch nicht einmal acht Uhr an einem Montagmorgen.

E-Mail drei und vier kann ich einfach ablegen. Sie bestehen aus ccs zu meiner Information.

Welche Qualifikationen man für meinen Job braucht?

Mein bester Freund Pavel, der bei BuBi AG als Leiter IT arbeitet, würde jetzt sagen: "Alle möglichen und unmöglichen. Eine Ausbildung zum Sonderpädagogen kann ganz nützlich sein, so wie auch Erfahrung als Kindergärtner und Söldner."

Womit er nicht ganz unrecht hat. Aber ernsthaft:

Als Chief Communications Officer sollte man unbedingt zuhören können. Fehlerfreies, grammatikalisch korrektes Schreiben hilft, ebenso wie Servicebereitschaft und sozialverträgliche Manieren. Und nicht zuletzt sollte man etwas vom Metier verstehen, in dem man tätig ist – in meinem Fall vom Banking. Die Grundlagen für den Job kann man in den verschiedensten Bereichen legen, sei es in der Jurisprudenz, der Medienwissenschaft oder auch der Betriebswirtschaft.

Ich selbst habe Germanistik und Informatik studiert und eine Zeitlang als Senior Product Manager für Anlagefonds Erfahrungen gesammelt.

E-Mail fünf ist wieder ein Lowlight, wobei ich beim Lesen lachen muss.

Es ist die Anfrage eines aspirierenden Künstlers. Er will uns als Sponsor für seine aus einem abstossenden, selbst produzierten Material bestehenden Skulpturen. Ist man als Unternehmen in den Medien, kommt fast jede Woche etwas in der Art. Und leider ist die E-Mail-Adresse unseres CEOs kein Geheimnis. (Er regt sich über solche Bettelbriefe immer furchtbar auf.)

Die Mail kommt in meinen Ordner namens Bizarre_Anfragen-to_keep. Was da alles drin ist, glaubt mir niemand. Eines Tages veröffentliche ich damit ein Buch.

Bei Mail sechs mit dem Betreff "Budgettreue" läuten meine Alarmglocken und ich lese es dreimal, bis ich es sicher verstanden habe.

Als Chief Communications Officer ist man für gewöhnlich in einer Stabsfunktion direkt dem CEO unterstellt, sitzt also an einer Stelle in der Organisation, wo man alles, aber auch wirklich alles sieht. Nur will einen dort niemand haben.

Kaum ein Geschäftsleitungsmitglied hat seine Position erreicht, weil er/sie so kompetent ist oder sich so vorbildlich verhält. Das sind alles Soziopathen mit einer angemessenen Portion Paranoia. Sie vertrauen sich gegenseitig nicht und schon gar nicht dir als Aussenstehendem.

Ein falsches Wort und dein Bürosessel wird zum Schleudersitz. Und wehe, du gerätst in einen Schusswechsel zwischen den hohen Herren.

Stefan Leuli, unser CEO, ist gerade stinkig auf einen seiner Kollegen und will, dass ich mich einmische.

Ich überlege kurz, stelle sicher, dass Leulis Präsenzanzeige auf Grün steht und werfe einen Blick in seinen Kalender. Dann öffne ich ein Nachrichtenfenster in unserem Instant-Messaging-Programm. (LeS und WyN sind die persönlichen Kürzel von Leuli und mir.)

wyn@les (07.28 Uhr) Hätten Sie um 9.45 Uhr kurz Zeit für eine Abstimmungssitzung betr. Budgettreue? Ich benötige noch zusätzliche Informationen.

Was übrigens zu einhundert Prozent gelogen ist. Ich weiss genau, worum es geht.

Das System zeigt mir an, dass Leuli am Schreiben ist.

les@wyn (7.33 Uhr) Vergessen Sie es. Bis ich Ihnen das erklärt habe, habe ich es schneller selbst gemacht.

Womit ich mein Ziel erreicht habe. In meinem Job sollte man sich nie zu schade sein, den Deppen zu spielen.

9.21 Uhr

Was ich noch gar nicht erwähnt habe: In Zürich ist heute Sechseläuten. Dieser Feiertag gehört zu den ganz grossen Anlässen der Stadt und wie die meisten Büroangestellten in der City kann ich mich auf einen Arbeitsschluss um 12 Uhr freuen.

Das Sechseläuten als Fest hat etwas, insbesondere wenn das Wetter so traumhaft ist wie heute.

Am Nachmittag findet in der Innenstadt eine Parade der Zünfte mit historischen Kostümen und Pferden statt. Sie endet auf dem Sechseläutenplatz. Dort galoppieren die Reiter um einen Scheiterhaufen, auf dem ein Schneemann als Symbol des Winters – der Böögg – verbrannt wird. Am Abend besuchen sich die Zünfte gegenseitig mit Musik und Trallala.

Medientechnisch ist der Anlass auch interessant, denn jedes Jahr gibt es im Vorfeld öffentlich ausgetragene Reibereien.

Denn wenn ich "die Zünfte" sage, sind damit ausschliesslich die Männer aus alteingesessenen, oft reichen Zürcher Familien gemeint. Ob und wie die Frauen mitmarschieren dürfen ist immer wieder Gegenstand von hitzigen Diskussionen.

Auch die Ehefrauen der Zünfter sind nicht durchgehend begeistert. Als ich mir einen Tee in der Cafeteria zubereite, diskutieren zwei Kolleginnen dort gerade über das Thema.

"Dass du heute arbeiten kommst", sagt die eine. "Ist heute nicht der grosse Tag deines Mannes?"

Laut firmeninternem Latrinenkanal ist der Mann der Angesprochenen aus altem Zürcher Geldadel und entsprechend auch in einer Zunft.

Sie verzieht das Gesicht, als hätte sie in eine Zitrone gebissen. "Ja, und genau deshalb arbeite ich. Zuhause hypern mein Mann und meine Söhne jetzt durch die Wohnung, finden ihre Sachen nicht und machen sich gegenseitig verrückt. Es reicht, dass ich heute Nachmittag zum Umzug hetzen muss, um ihnen und ihren wichtigen Kontakten die Blumen zu überreichen und halb Zürich abzuküssen. Und als würde das alles nicht reichen, werden sie morgen jammern wegen ihres Katers und wegen der riesigen Blasen an ihren Füssen von den Schuhen, die sie genau einmal im Jahr tragen."

Die Kollegin lässt den Wortschwall unkommentiert vorbeiziehen, runzelt nur die Stirn. "Wenn du möchtest, habe ich dir Echinacea-Tabletten. So von wegen Übertragung von Grippeviren beim Küssen und so."

"Ein Whisky wäre mir lieber."

Inzwischen kocht mein Teewasser und verdrücke mich, bevor mich die Damen in ihre Diskussion einbeziehen können.

Ich selbst habe keine Meinung dazu. Ich wohne und arbeite nur hier.

Ich beginne mit der Textkosmetik an Leulis Interviewantworten. Bei seiner Hassliebe lässt er es sich nicht nehmen, sie selbst zu verfassen. (Bei einem anderen Journalisten würde er sie mir mit dem Befehl: "Mach mal!", zur Bearbeitung hinwerfen.) Für einen ersten Entwurf hat er gute Arbeit geleistet.

Wie stets am Sechseläuten-Tag herrscht fast himmlische Ruhe in unserem Firmengebäude und auch in der Umgebung.

Unsere Büros liegen im Bankenviertel beim See, das von Paradeplatz, Kongresshaus und Bahnhof Enge begrenzt wird. Dort bekommen wir von den Vorbereitungen der Stadt kaum etwas mit. Und viele meiner Kolleginnen und Kollegen haben freigenommen.

Von den mir direkt Unterstellten ist nur Tinta da, mein Senior Webmaster. Sie hält im Online-Büro die Stellung. Da die Auftragsmailbox leer bleibt, die offiziellen und inoffiziellen Server in einem Topzustand und keine Projekte in der akuten Phase sind, arbeitet sie sich aus reinem Spass in eine neue Programmiersprache ein.

Nachdem ich mit der Bearbeitung des Interviews fertig bin und es dem Journalisten gesandt habe, feile ich an meinen eigenen Unterlagen. Am Donnerstag und Freitag werden der CEO und Nils Zeeman, ebenfalls ein Mitglied der Geschäftsleitung, ihr Medientraining bei mir absolvieren. Da möchte ich gut vorbereitet sein.

11.02 Uhr

Pavel, Leiter IT, Geek Extraordinaire und, wie vorgängig bereits erwähnt, mein bester Freund, kommt auf einen Schwatz vorbei. Offenbar befindet sich seine Frau mal wieder auf Geschäftsreise. Seine Kleider sehen aus wie direkt aus dem Wäschekorb – dem für Schmutzwäsche wohlverstanden.

"Hast du dir gerade mit Leulis Zahnbürste die Schuhe geputzt?" Durch Pavels mit Fingerabdrücken verschmierte Brillengläser sehe ich den Schalk in seinen Augen tanzen.

Er reibt sich die Hände. "Viel besser. Du wirst es bald sehen. – Und du, hast du dich heute schon in einen Fettnapf versenkt?"

"Ich weiss nicht, was du damit meinst", tue ich beleidigt und tippe weiter.

"Ach, komm schon, Nik. Wir wissen beide: Wenn du eins nicht kannst, ist das, auf den Mund zu hocken und dich totzustellen. Und Leuli scheint ja nur auf diese Momente zu warten. Sag bloss, er hat dir den roten Teppich heute noch nicht ausgerollt."

Pavel besitzt einen ganz boshaften Humor.

"Nein, er war recht zahm."

Was mich daran erinnert, dass nicht alle von Pavels Scherzen verlaufen wie geplant.

"Wegen der Sache, die du vorhast: Werde ich hinter dir aufräumen müssen?", bringe ich das Gespräch auf das ursprüngliche Thema zurück.

Jetzt ist Pavel beleidigt. "Natürlich nicht. Tu nicht so, als ob du das schon einmal musstest!"

"Die FTP-Zugänge?"

Etwa jedes halbe Jahr stellt Pavel "aus Sicherheitsgründen" alle FTP-Zugänge der Firma ab, wodurch es für uns nicht mehr möglich ist, grosse Files zu senden oder zu empfangen und ein Grossteil der Arbeitsprozesse zum Erliegen kommt. Ich Glücklicher darf dann jeweils im ganzen Aufruhr vermitteln.

"Ach hör doch auf! Ich verstehe nicht, weshalb die Leute nicht DVDs per Post versenden können!"

Ich verdrehe die Augen. Wie jeder Leiter IT ist Pavel paranoid – und die Paranoia nicht ganz unberechtigt.

"Was hast du denn vor?"

Pavel verschränkt die Arme. "Lass dich überraschen."

"Und ich kann dich nicht davon abbringen?"

"Nein."

Ich seufze.

Pavel erzählt mir von seinem Nachmittagsprogramm. Er will mit seinen Kindern – davon hat er immerhin fünf – im Wald Würste braten und Verstecken spielen.

Er bietet mir an mitzukommen, aber mein Job schlaucht

mich mehr, als mir lieb ist, und ich muss mit meinen Kräften haushalten. So lehne ich ab.

Als ich kurz nach zwölf das Office verlasse, liegt der ganze Nachmittag noch vor mir. Das Wetter ist herrlich. Ich werde mich in meiner Wohnung in den Sonnenschein setzen und jede Minute beim Lesen eines Buchs geniessen.

Dienstag, 12. April, 8.45 Uhr

Die Hemden sind inzwischen gebügelt, was sich positiv auf meine Laune auswirkt.

Wie stets bin ich etwas zu früh im Boardroom, dem Sitzungszimmer der Geschäftsleitung, das heute trügerisch heiter wirkt. Sonnenlicht fällt durch die Fenster. Das Wetter ist immer noch frühlingshaft und auf dem kleinen Stück See, das man durch eins der Fenster sehen kann, glitzern die Wellen.

Die Frauen vom Empfang sind fast fertig damit, alles einzurichten. Wir grüssen uns und scherzen ein wenig miteinander.

Die Anordnung am ovalen Tisch ist immer die gleiche:

Stefan Leuli sitzt als CEO am Kopfende, von wo aus er die Tür frontal im Blick hat und etwaige Besucher einschüchtern kann. Von der Tür bis zum Tisch sind es nur wenige Meter. Muss man einen Antrag vertreten, der ihm nicht passt, kann einem die Distanz wie Kilometer vorkommen.

Rechterhand von Leuli sitzt sein Kronprinz Lucius Duca, der Spartenleiter Inland. Ducas interner Spitzname Il Duce sagt alles über ihn. Er ist bösartig, verschlagen und arrogant, und bis auf einige wenige Auserwählte muss sich jeder vor ihm in Acht nehmen.

Links von Leuli fläzt Nils Zeeman, der Spartenleiter International, ein dicklicher, verlebt wirkender Holländer. Der äussere Eindruck täuscht. Er ist fachlich gut und seine Leute schätzen ihn.

Der Platz von Thomas Tanner, dem Spartenleiter Support und Logistik, war ursprünglich neben Lucius Duca. Da die beiden sich auf den Tod nicht ausstehen können, musste Tanner auf die andere Seite des Tisches wechseln.

Ganz genau weiss es niemand, aber offenbar wurden die beiden einmal handgreiflich. Tanner selbst ist etwas verstaubt und kompliziert, aber sonst ganz OK. Er leidet darunter, dass die anderen ihn nicht für voll nehmen, weil sein Bereich nur kostet.

Das Küken der Runde ist Romano Scarpetta, der Spartenleiter Asset Management. Er kam vor einiger Zeit von der UBS zu uns. Ich mag ihn gut. Er hat Verstand, Fachkompetenz und Humor. Den braucht er auch, denn bei ihm arbeiten die Finanzgenies, die alle einen an der Waffel haben und sich wie die grössten Primadonnen aufführen.

Vom Charakter her ist er aufbrausend, regt sich aber genauso schnell wieder ab. Er harrt tapfer auf dem Platz neben Il Duce aus, obwohl auch die beiden sich nicht besonders grün sind.

Unten am Tisch, auf einem der Bittstellerstühle, sitze dann jeweils ich. Dabei wechsle ich von Sitzung zu Sitzung den Platz, weil ich weiss, dass es Leuli wahnsinnig macht.

Die hohen Herren treffen ein. Sie werden von Totengräbern begleitet. Bei den Männern in Trauerkleidung handelt es sich um zwei der externen Consultants, die sich seit einiger Zeit bei uns herumtreiben.

Während Leuli die Sitzung eröffnet, geht mir auf, weshalb ich die Unternehmensberater schon länger nicht mehr gesehen habe. Nach drei Wochen Herumschnüffeln und zwei Wochen Aufarbeitung geben sie heute ihren Schlussbericht ab.

Natürlich befand es die Geschäftsleitung nicht für nötig, mich über dieses Traktandum zu informieren, so dass mein ganzer Zeitplan von Beginn weg hinfällig ist.

Der Head Consultant und Projektleiter räuspert sich und schaut die Mitglieder der GL über den Rand seiner Brille hinweg an. "Ich möchte darauf hinweisen, dass eine Vertiefung der Analyse angebracht wäre. Wir haben unsere Leistungen gemäss dem von Ihnen äusserst hart verhandelten Fixpreis-Agreement erbracht. Die dadurch zur Verfügung stehende Zeit ergab aber in keiner Weise die Analysetiefe, die wir in anderen Firmen liefern."

Consultants zum Dumpingpreis! Ich grinse in mich hinein. Manchmal ist die Umständlichkeit der GL auch für etwas gut. So sind wir die Geier wenigstens schneller wieder los.

"Ich bin sicher, die Zeit für die Analyse war völlig ausreichend." Leuli wedelt mit der Hand, als wolle er ein unerwünschtes Diskussionsthema verscheuchen.

Der Consultant fährt etwas lauter fort, um weitere Kommentare zu unterdrücken. "Wir haben die Prozesse in Ihrer Firma analysiert, so gut wir dazu in der Lage waren. Ich möchte aber betonen, dass uns der endgültige Durchblick versagt blieb."

Was mich nicht erstaunt. Die Prozesse in unserer Firma sind etwa so klar und transparent wie der Inhalt eines frisch gefüllten Klärbeckens.

"Zu den Ergebnissen ..."

"Beschränken Sie sich auf das Management Summary", fällt ihm Leuli erneut ins Wort. "Wir sind hier alles erwachsene Menschen und können Ihre Ergebnisse problemlos interpretieren."

Der Consultant sendet unserem CEO einen vernichtenden Blick. Wie stets bemerkt Leuli nichts.

"Dann also, wie gewünscht, das Management Summary: Auf der Kostenseite geben Sie viel zu viel aus für Ihre Teambildungsevents. Zählt man alle direkten und indirekten Folgekosten wie entgangene Geschäftsopportunitäten zusammen, so beläuft sich ein Event auf rund 500 000 Franken. Eine Million pro Monat kann sich Ihre Firma nicht leisten. Wir raten dringend zu einem Inhousing und zu einer Reduktion der Frequenz."

Im Sitzungszimmer tritt Totenstille ein. Die verhassten Teambildungsevents haben schon zu vielen Unstimmigkeiten in der Firma geführt, auch zwischen Leuli, ihrem glühenden Verfechter, und seinen Geschäftsleitungskollegen.

Vom Sexpuppen Verschiffen bis zum Schlammcatchen haben wir schon alles gemacht, uns eine polizeiliche Anzeige eingefangen, über dem offenen Feuer gekocht und im Kloster meditiert. Wobei die Meinungen über den Event im Kloster – einer von den beiden, die ich noch organisiert hatte – auseinandergehen: Einige fanden ihn sehr produktiv. Andere (=meine Feinde) hätten mich gerne dafür gelyncht.

Die erste Warnung des Kommenden ist ein leises Quiet-
schen, ähnlich einem Winseln.

Romano Scarpetta, der Spartenleiter Asset Management,
lacht laut heraus und kann nicht mehr aufhören. Sein
Tonfall gleicht dem einer Hyäne: hoch und schrill. Bald muss
er sich am Tischblatt festhalten, weil ihn das Lachen so an-
strengt. Tränen laufen aus seinen Augen.

Ich starre ins Leere und konzentriere mich auf meine
Atmung, um es Romano nicht gleichzutun.

"Geht's wieder?", fragt der CEO irgendwann bissig.

"Ja, natürlich", japst Romano und gluckst. Er hat einen
Schluckauf.

"Fahren Sie bitte fort", wendet sich Leuli an den Consultant.

Der Consultant betrachtet uns, als seien wir alle wahnsinnig. "Bei der Effizienzprüfung der Backoffice-Abteilungen
hat sich ein erfreuliches Resultat ergeben: Bei den meisten
Firmen sind die Supporteinheiten überdimensioniert. Ihre
sind sehr schlank gehalten. Sollte ein rasches Wachstum
einsetzen, könnten Sie sogar Probleme damit bekommen,
dieses Wachstum zu verarbeiten. Wir raten deshalb dazu,
die Personalgewinnung für das Backoffice genau im Auge zu
behalten und frühzeitig mit der Verpflichtung neuer Mitarbeiter zu beginnen."

Das gefällt Leuli und Lucius Duca ganz und gar nicht.
Insbesondere unser Spartenleiter Inland sieht aus, als hätte
er in eine Zitrone gebissen.

"Zu den kundenseitigen Abteilungen: Hier präsentiert sich
ein anderes Bild. In den Bereichen Inland und International

wurden ineffiziente parallele Strukturen aufgebaut. So gibt es einen Vertrieb Inland und einen Vertrieb International. Das gleiche gilt für die Teams Vertriebsunterstützung, Account Management und Strategische Entwicklung. Sämtliche Teams sind überdimensioniert und jedem steht ein Direktionsmitglied vor."

Der Consultant blättert in seinen Unterlagen. "Ihre geografische Abdeckung, Kundenbasis und Assets-under-Management sind zu gering, um eine solche duale Struktur zu rechtfertigen. In meinem Abschlussbericht präsentiere ich Ihnen meinen Lösungsvorschlag. Um ihn in einem Satz zusammenzufassen: Legen Sie die parallelen Abteilungen unter einem Chef zusammen und reduzieren Sie die FTEs in den fusionierten Teams um dreissig Prozent."

(Mit FTEs – Full-time Equivalents – rechnen Unternehmen die Arbeitszeit ihrer Belegschaft auf Vollzeitstellen um. Zwei 50-Prozent-Stellen entsprechen zum Beispiel 1.0 FTE.)

"Das kann nicht Ihr Ernst sein. Wir befinden uns in einer sehr sensiblen Expansionsphase!", protestiert Duca.

Der Consultant blickt etwas strenger. Er scheint kein Arschkriecher zu sein. "Wenn Sie einen zwölfmonatigen Zyklus mit teilweise massiven Abflüssen als Expansion bezeichnen möchten."

Jetzt erleide ich einen plötzlichen Hustenanfall. Romano lacht von Neuem los.

"Face it, Lucius. Dein Bereich ist am Arsch", stellt Nils Zeeman, der Spartenleiter International, unzeremoniell fest. "An deiner Stelle würde ich mal meine Vertriebskanäle überprüfen."

"Ich brauche nichts zu überprüfen. Alles wäre in bester Ordnung, wenn ich auf eure Unterstützung zählen könnte. Aber das Asset Management liefert nur unbrauchbare Produkte, die das Marketing nicht bewerben und mein Vertrieb nicht verkaufen kann."

"Also ich habe da gar keine Probleme." Zeemans Augen werden schmal und hart wie Stein. Verschwunden ist der stets etwas plumpe und patzige Holländer. "Natürlich kann man die Frau nicht brauchen, die du an die Spitze des Marketings gesetzt hast. Zum Glück gibt es aber noch ein paar alteingesessene Projektleiter, die wissen, wie man gute Produkte vermarktet."

Thomas Tanner und Romano Scarpetta, die GL-Mitglieder mit der geringsten Macht, wollen ebenfalls Stellung beziehen und versuchen, etwas zu sagen.

"Meine Herren. Bitte mässigt euren Umgangston vor den Externen", setzt der CEO noch eine weitere Peinlichkeit drauf.

"Es geht hier um die Existenz meines Bereichs!", lässt sich Duca nicht beruhigen. "Wenn die Zusammenlegung stattfinden soll, dann nur in meinem Bereich. Ich brauche direkten Zugriff auf die besten Leute."

"Ist doch mir egal", Zeeman zuckt gleichgültig die Schultern. "Mein Business ist ein People's Business. Alles läuft über direkte Kontakte. Und ein Factsheet ist so standardisiert, dass es selbst deine Leute nicht verhunzen können."

"Moment mal, die Factsheets kommen aus meinem Reporting!", protestiert Romano Scarpetta.

"Und damit das klar ist: Das Marketing ist und bleibt im Bereich Support und Logistik, also bei mir", fügt Tanner hinzu. "Ihr zwei könnt euch um eure Teams prügeln und von mir aus die Hälfte der Leute per Los entlassen. Ich schiesse nur dieses unsägliche Weib auf den Mond."

"Wen?", fragt der CEO.

Das ist jetzt definitiv der Moment, in dem ich mir wünsche, im Boden versinken zu können.

"Den Mostkopf." Auf Tanners Wangen glänzen hektische Flecken.

Mit diesem unschönen Spitznamen bezieht er sich auf die Leiterin Marketing, eine Frau namens Artesia Müller, die erst seit kurzem bei uns arbeitet.

Über den Rest der GL-Sitzung möchte ich den Mantel des Schweigens breiten. Nur so viel: Am Mittag lassen wir uns Sandwiches liefern und um vier Uhr sind wir dann endlich fertig.

Etwas habe ich heute gelernt: Es macht absolut Sinn, Consultants an die Schweigepflicht zu binden.

Woche 15

Montag, 18. April, 8.15 Uhr

Vielleicht sollte ich diesen Blog in Zeitintervalle von 13 Wochen einteilen. Das hätte einen angemessen düsteren Beiklang.

Vielleicht sollte ich diesen Blog schliessen, da mir wahrscheinlich sowieso niemand mehr glaubt, was ich hier berichte.

Vielleicht sollte ich auch einfach kündigen und mir einen anderen Job suchen – bevorzugt wieder einen mit Fensterplatz, wo mir keine Perspektiven drohen und das Leben an mir vorbeizieht. Die Versuchung ist gross, wäre da nicht der nagende Verdacht, dass in anderen Unternehmen der Wahnsinn genauso grassiert.

Aber der Reihe nach. Inzwischen sollte ich mich genügend abgeregt haben, damit ich nur das Geschirr zerschlage und nicht auch noch den ganzen Laden abreisse.

Für den Rest der vergangenen Woche herrschte Ausnahmezustand. Es gab Notfall-GL-Sitzungen, alle regulären Termine, auch die bereits geplanten Medientrainings, wurden abgesagt. Und ich durfte überall dabei sein.

Freu ... :-((

Auf die Spaltung der Geschäftsleitung in einen inneren und äusseren Zirkel, die Bildung einer Pro-Inland- und einer Pro-International-Fraktion, wüste Diskussionen und einen Tag eisigen Schweigens folgt am Freitag die grosse Versöhnung.

Die fünf Herren setzen sich hin und würfeln wie die Götter um die betroffenen Mitarbeitenden.

"Kann ich nicht ausstehen." – "Den ganz sicher nicht." – "Die ist eh schwanger. Frauen gehören an den Herd." – "Der gefällt mir, der macht immer so professionelle Präsentationen." – "Der trägt weisse Socken zum Anzug."

So und ähnlich geht es mehrere Stunden lang.

Am Ende steht die Entlassungsliste fest. Entlassen wird gemäss folgender Prioritätenliste:

• Schwangere
• Teilzeit arbeitende Frauen
• Mütter, die nur die reguläre Arbeitszeit arbeiten können
• Teilzeit arbeitende Männer

Und ich darf die Entlassungsschreiben vorbereiten.

So sitze ich nun vor meinem PC und frage mich, wie ich mich an eine Gruppe von Personen richten soll, die am Freitag um 17 Uhr von ihren Spartenleitern zusammengerufen und denen in corpore die schlechte Nachricht überbracht wurde. Wer an jenem Tag nicht arbeitete (wir erinnern uns: Teilzeit arbeitende Frauen und Männer), erhielt von seinen Kollegen eine SMS mit der Hiobsbotschaft.

Und nun steht auch noch Nero Köhler, der Leiter Human

Resources, in meinem Büro und motzt mich an, dass ich die Entlassungsschreiben noch nicht fertig habe.

Es ist 8.15 Uhr am Montagmorgen. Dass Nero wieder einmal aussieht, wie direkt dem Cover des neusten Modemagazins entstiegen, macht meine Laune nicht besser.

"Ich kann dir die Briefe nicht geben, weil ich diese heute um elf Uhr mit dem CEO bespreche. Bis dahin musst du dich wohl gedulden."

Köhler ist baff. "Was will der CEO damit?"

"Dort ist die Tür, Nero. Komm heute Nachmittag wieder."

"Ich meine es ernst. Was will der CEO damit?"

Ich seufze. "Tu mir den Gefallen und schlag die Bedeutung von Mikromanagement nach."

Köhler macht ein spuckendes Geräusch und trollt sich. Seit ich mein Team zurückerhalten habe, kann er mich noch weniger ausstehen als früher.

Ich beginne zu tippen.

Beendigung Arbeitsverhältnis

Sehr geehrte/r Frau/Herr [Name]

Wie Sie von Ihrem Spartenleiter erfahren haben, steht die BuBi AG vor einer Restrukturierung. Diese hat zum Ziel, unsere Organisation besser auf die Marktbedingungen abzustimmen und unsere Effizienz zu erhöhen.

Leider sind diese Zielsetzungen nur im Rahmen eines Personalabbaus von sechzehn Stellen zu erreichen. Wir bedauern sehr, Ihnen mitzuteilen, dass Sie von diesem Personalabbau betroffen sind und Ihr Arbeitsverhältnis deshalb per 30. Juli des laufenden Jahres aufgelöst wird.

Um Sie in dieser schwierigen Situation zu unterstützen, wurde ein Sozialplan ausgearbeitet. Die Konditionen ersehen Sie aus dem beigelegten Dokument. Ebenfalls steht Ihnen für den kommenden Bewerbungsprozess ein Outplacement-Berater zur Verfügung. Seine Kontaktdaten finden Sie in der beigelegten Broschüre. Sie können ihn ab sofort für Terminvereinbarungen kontaktieren.

Wir bedauern, Ihnen keinen besseren Bescheid geben zu können, und wünschen Ihnen viel Glück und Erfolg im bevorstehenden Bewerbungsprozess.

Mit freundlichen Grüssen
[Unterschrift GL-Mitglied]   [Unterschrift Leiter HR]

Wahrscheinlich bin ich ein schlechter Kommunikationschef. Meine Berufskollegen hätten sicher noch einen Absatz geschrieben, dass sich die Entlassung nicht auf den Charakter oder die Eigenschaften des Mitarbeitenden, sondern natürlich rein auf das Stellenprofil beziehe. Und ihr/ihm dann noch überschwänglich für die geleistete Arbeit gedankt, was in meinen Augen blanker Hohn ist.

So lügen mag ich nicht, denn natürlich hat die Persönlichkeit des Mitarbeitenden mit der Entlassung zu tun. Und in einem solchen Moment ist der Wahrnehmungsfilter des Empfängers so getrübt, dass selbst ein ehrlich gemeintes Lob falsch verstanden wird.

Pünktlich betrete ich das Büro des CEOs.

Dienstag, 19. April, 7.05 Uhr

"Guten Morgen, Nik, hast du mir deine Version des Entlassungsbriefs?"

Nils Zeeman steht bei mir im Büro und sieht ziemlich sauer aus. Wie so oft in letzter Zeit duzt er mich, nur um dann irgendwann wieder auf "Sie" umzuschalten. Dass wir abwechselnd Deutsch und Englisch sprechen, trägt das Übrige zu dieser Verwirrung bei.

"Weshalb?" Auch meine Laune ist nicht die beste.

"Weil ich den Scheiss nicht unterschreibe, den Leuli sich ausgedacht hat."

Ich mache ihm einen Ausdruck. Er liest ihn.

"Na, also. Das ist das, was wir brauchen." Er gibt dem Ausdruck einen anerkennenden Klaps. "Weshalb lässt er dich nicht einfach deine Arbeit machen?! Mailst du mir das?"

Er will sich umdrehen und gehen. Sein Kreuzbandriss ist inzwischen gut verheilt. Er trägt keine Knieschiene mehr und hinkt auch nicht mehr allzu sehr. Dafür hat er an Gewicht zugenommen.

"Zeeman?"

"Ja?"

Es wäre besser, wenn ich nicht fragen würde, aber ich brauche eine Antwort. "Weshalb lässt du das zu? Dreizehn der sechzehn Leute, die entlassen werden, sind deine."

Die restlichen drei aus Il Duces Laden standen schon lange

auf Ducas Abschlussliste und er nutzt die sich bietende Chance, sie bequem loszuwerden.

Zeeman betrachtet mich abwägend. "Was hast du Anfang Jahr gelernt, als man dich befördert hat und dir das Team wegnahm?", fragt er statt einer Antwort. "Sag das erste, was dir durch den Kopf geht."

Also das, was mir immer noch wie ein Stein im Magen liegt. "Dass ich meine Leute nicht schützen kann. Entscheide werden über meinen Kopf hinweg gefällt. Ich kann mich nicht einmal dazu äussern."

"So geht es jedem von uns, sogar dem CEO. Die Illusion, dass es anders sein könnte, ist das Privileg der einfachen Angestellten."

Zeeman geht.

"Was ist denn das für ein Gesicht?", fragt Pavel, als er kurz danach vorbeikommt. Er stellt eine der beiden Teetassen, die er balanciert, auf meinem Schreibtisch ab.

"Danke. – Ich habe gerade eine verbale Ohrfeige von Zeeman gekriegt, aber wahrscheinlich habe ich sie verdient."

Pavel nippt an seinem Kräutertee. Nachdem er vor einigen Wochen das Rauchen aufgegeben hat, ist nun der Kaffee dran, was sich mit: "Hello, midlife crisis!", zusammenfassen lässt. Seine Frau muss von der Geschäftsreise zurück sein, denn seine Kleidung ist heute sehr gepflegt und passt auch farblich zusammen.

"Ohne eine Ahnung zu haben, worum es dabei ging: War der gesunde Menschenverstand am Argument beteiligt, setze ich mein Geld jederzeit auf dich."

"Er sagte, Angestellte sind reine Manövriermasse ... das Human-Kapital."

Pavel lächelt wissend.

"Was ist?"

"Du hast wieder mal nichts mitbekommen, nicht wahr, Nik?"

"Offenbar nicht. Was habe ich jetzt wieder gemacht?"

"Du hast gerufen und dein gesamtes Team kam sogleich zurück. Es wird noch Wochen dauern, bis sich die Firma davon erholt hat."

Er nippt an seinem Tee, der ihm zu schmecken scheint. Pavel überrascht mich immer wieder. Ich begreife nicht, wie er nach all den Jahren mit dem Rauchen aufhören konnte. Und so wie es aussieht, schafft er das mit dem Kaffee auch.

"Was wollte Zeeman eigentlich von dir?"

"Er kam meine Version des Kündigungsbriefs holen. Die von Leuli gefiel ihm nicht."

"Welche Version von Leuli?"

Ich gebe Pavel das Dokument. Er beginnt zu lesen. Sein Gesicht spricht Bände.

Eine neue Herausforderung wartet auf Sie

Sehr geehrte/r Frau/Herr [Name]

Wir freuen uns, Sie über eine grossartige Chance zu informieren. Die BuBi AG gibt Ihnen die Möglichkeit,

sich neu zu orientieren und Ihr persönliches Potential zu
entdecken.

Per 30. Juli des laufenden Jahres lösen wir Ihr
Arbeitsverhältnis mit uns auf. Danach stehen Ihnen alle
Möglichkeiten offen: Möchten Sie noch einmal
studieren? Oder soll es eine Weltreise sein? Unser
Outplacement-Spezialist berät Sie gerne bei dieser
Entscheidung.

Wir freuen uns mit Ihnen über diese wunderbare
Entwicklung und wünschen Ihnen viel Freude auf Ihrer
persönlichen Entdeckungsreise.

Mit freundlichen Grüssen
[Unterschrift GL-Mitglied] [Unterschrift Leiter HR]

"Sag mal, was hat denn der geraucht?"

Das weiss ich auch nicht, aber was auch immer es war, es
gehört verboten.

9.00 Uhr

An der GL-Sitzung klopfen sich die hohen Herren gegenseitig
und selbst auf die Schulter. Offenbar kommt es in ihrer persönlichen Wahrnehmung einer wahren Heldentat gleich,
sechzehn Leute zu entlassen.

Ich habe diesen Leuten in der vergangenen Stunde in die
Augen geschaut, denn gemeinsam mit Nero Köhler, dem
Leiter HR, musste ich ihnen die Kündigungsbriefe übergeben.

Köhler hat wie ein Löwe dafür gekämpft, wenigstens mit
jedem der Betroffenen ein Einzelgespräch führen zu können.
Die Geschäftsleitung, die das Problem vom Tisch haben wollte,

hat es ihm nicht erlaubt. Und als er zu insistieren versuchte, drohten sie ihm selbst mit der fristlosen Kündigung.

Da erst gab er auf.

Meines Erachtens traf er damit die richtige Entscheidung, auch wenn sie sich für ihn nicht so anfühlt. Nur als Leiter HR kann er die Entlassenen weiterhin im Rahmen seiner Kompetenzen unterstützen.

Während der GL-Sitzung bin ich abgelenkt, wobei es auch nicht viel zu notieren gibt. Leuli und Il Duce unterhalten sich gegenseitig mit Witzen und Wortspielen in einer Dämlichkeit, wie nur wir Männer sie hinbekommen. Sie merken gar nicht, dass die anderen drei GL-Mitglieder nicht mitmachen.

Seit das männliche Verbrüderungsritual zu Beginn der Sitzung abgehandelt ist, sitzen Thomas Tanner und Nils Zeeman still und in sich gekehrt da. Romano Scarpetta beobachtet mich.

Ich selbst kann die Gesichter der Betroffenen nicht vergessen – den Ausdruck in ihren Augen, als Nero und ich ihre Welt endgültig zerschmetterten. Etwas zu wissen ist nicht das Gleiche, wie den unumstösslichen Beweis für dieses Wissen in den Händen zu halten.

Heute Nacht werde ich Alpträume haben.

Leuli und Duca sind immer noch dabei, sich gegenseitig ihre Egos zu streicheln.

Ich würde ihnen nur zu gerne meine Meinung sagen. Aber auch ich brauche meinen Job, und mein Lebenslauf ist alles andere als makellos.

Scarpetta, der mich immer noch beobachtet, meldet sich zum ersten Mal wieder zu Wort. "In wenigen Tagen ist Ostern, Stefan. Was planen wir für die Mitarbeitenden?"

Leuli, den er mitten in einem Kalauer unterbricht, braucht einen Moment, um die Frage zu verarbeiten. Er kramt in seinen Unterlagen, sucht etwas auf seinem Notizblock.

"Ach ja, da. Der externe Senior Consultant hat mir geraten, die Nähe zu den Untergebenen zu suchen. Ich werde mich deshalb als Osterhase verkleiden und die Osterüberraschung den Mitarbeitenden persönlich übergeben. Dazu brauche ich Sie, Wydmer. Sie tragen meine Eier."

Seine Bemerkung ruft Totenstille hervor. Niemand kommentiert seinen grandiosen Versprecher.

"Könntest du deine Idee etwas ausführlicher darstellen?", fragt Thomas Tanner spröde.

"Natürlich. Ich habe ein Hasenkostüm zu Hause. Dieses werde ich tragen. Und Wydmer trägt den Korb mit meinen Eiern."

Diesmal zucken Tanners Mundwinkel. "Du bist nicht gerade für deine Sozialkompetenz bekannt, Stefan", wird er erstaunlich deutlich. "Bist du sicher, dass das eine gute Idee ist?"

Wie ein quengelndes Kind haut Leuli auf den Tisch. "Der Consultant hat mir zu mehr Nähe zu meinen Untergebenen geraten und diesen Rat werde ich befolgen!"

"In einem Hasenkostüm." Tanner scheint es immer noch nicht glauben zu können.

Mir brennt sich ein Bild in die Sehnerven ein, das ich mir lieber nie vorgestellt hätte.

36

"Ja."

"Und Wydmer trägt deine Eier ..."

Jetzt muss Scarpetta kurz wegschauen und mit der Nase wackeln, um nicht loszulachen.

"Ja, warum reitest du so auf meiner Idee herum?!"

"Also ich finde es eine sehr gute Idee", mischt sich Il Duce in seinem üblichen arroganten Tonfall ein. "Bis auf die Idee, dass Wydmer dich begleitet. Ein solcher Anlass braucht eine weibliche Hand. Nimm besser deine Assistentin mit ..."

"... und steck sie in ein Playboy-Häschen-Kostüm!", prustet Nils Zeeman los.

Leulis Assistentin ist in mittleren Jahren, rundlich und hat einen eher mütterlichen Charme.

Nur Scarpetta und ich lachen nicht mit.

Am liebsten würde ich aufstehen und diese unsägliche Sitzung verlassen, aber wer nicht anwesend ist fasst im Business immer den Scheissjob, und es gibt weit Schlimmeres, als den Eierträger für Leuli zu spielen.

"Können wir die Pubertät jetzt wieder hinter uns lassen?", fragt Scarpetta schneidend, als die Heiterkeit anhält. Mir ist schon mehrmals aufgefallen, dass er Respektlosigkeiten gegenüber Frauen nicht toleriert. "Und ich denke, du, Nils, könntest Stefans Assistentin ruhig mal wieder einen Blumenstrauss überreichen. Sie rettet dir den Arsch oft genug."

Zeeman hört auf zu lachen, denkt nach und nickt schliesslich. "Mache ich."

Für den Rest der Sitzung diskutieren sie die Details der Osterüberraschung. Für mich ist nur eins wichtig: Das Grauen findet ohne mich statt.

Mittwoch, 20. April, Mittagszeit

Wie erwartet, habe ich in der Nacht kein Auge zugetan. Irgendwann um drei Uhr morgens begann ich damit, die älteren Einträge in diesem Blog zu lesen – was keine gute Idee war.

Habe ich all diesen Wahnsinn wirklich erlebt und dann auch noch darüber berichtet?

Jedenfalls ist mir aufgefallen, dass ich nirgends erkläre, weshalb Artesia Müller, die Leiterin Marketing, in meinen Berichten kaum mehr persönlich vorkommt.

Die kurze Antwort ist: Ich habe es mit ihr vertan.

Die lange Antwort ist etwas komplexer und wirft kein allzu gutes Licht auf die Firma und leider auch auf mich.

Organisatorisch ist das Marketing im Bereich Support und Logistik bei Thomas Tanner angehängt und die Besetzung der Leitung liegt somit allein in seiner Entscheidungskompetenz (mal abgesehen von der üblichen Abstimmungsrunde bei seinen GL-Kollegen, ob jemandem die ausgewählte Person völlig quer reinkommt).

Nun ist Artesia Müller aber irgendwie mit Lucius Duca, dem Spartenleiter Inland, befreundet. Als es die Position des Marketingleiters neu zu besetzen galt, schlug er sie vor. Und als Tanner sie nicht wollte, ging Duca offenbar zum CEO und stellte die Ernennung als Tatsache dar.

Tanner, der in der GL sowieso immer die schwächste Position hat, musste sie daraufhin nehmen.

Mit Leuli zu sprechen hätte nichts gebracht. Leuli gehört zu jenen CEOs, die bei solchen Vorgängen immer noch zum Nackenschlag ausholen – bei dem, der das Unrecht erlitten hat, wohlgemerkt, nicht etwa beim Verursacher. So ganz im Sinne von: "Du bist selbst schuld, wenn du dir das gefallen lässt."

So stand Artesia Müllers Arbeitsantritt bei BuBi AG schon grundsätzlich unter einem schlechten Stern.

Als wir sie dann Ende Januar zum ersten Mal zu Gesicht bekamen, wussten wir, dass es nur noch schlimmer kommen konnte. Ich kenne niemanden ausser Duca, der mit ihr auskommt.

Vielleicht ginge es, wenn sie fachlich gut wäre. Leider produziert sie nicht viel mehr als warme Luft.

Und da komme ich unrühmlich ins Spiel. Nachdem sie mir an der Kennenlernsitzung(!) den letzten Nerv ausgerissen hatte, bezeichnete ich sie gegenüber Pavel als "Mostkopf", mein persönliches Schimpfwort für sie.

Leider war Pavel nicht so zurückhaltend, und die in einem Moment grenzenlosen Ärgers kreierte Bezeichnung verbreitete sich mit Lichtgeschwindigkeit in der ganzen Firma. Mea culpa.

Und als wäre das alles noch nicht genug, ist Frau Müller in ihrer Freizeit künstlerisch tätig ...

... nicht immer nur zur Freude der Firma, wie ich in den folgenden drei Blog Posts mit dem Vermerk "Zeitreise" berichte.

Nachdem ich den ersten Post vor fünf Wochen geschrieben hatte, entschloss ich mich, ihn zu zensurieren (in der Annahme, dass mir den Inhalt doch niemand glaubt).

Vor sieben Tagen fand dann die Geschichte ihre Fortsetzung und mein Entschluss geriet ins Wanken.

Gestern nun kam die Krönung, und hier sind die drei bisher unterschlagenen Posts.

Ich kann nur sagen: Manche lernen es nie!

Zeitreise: Dienstag, 15. März, 15.41 Uhr (heute minus fünf Wochen)

Nach der GL-Sitzung, während der die GL-Mitglieder zum ersten Mal mit ihren brandneuen iPads gearbeitet haben, sind meine Nerven dünn.

Es ist schon schwer genug, den Kindergarten zu fokussieren, wenn alle nur mit ihren persönlichen Animositäten beschäftigt sind. Bietet man ihnen zusätzlich noch die Chance, technisches Equipment zu schrotten, hat man als Protokollführer gar keine Chance mehr.

Nach dieser Tortur bin ich nicht in Stimmung, auf Unerwartetes in geringster Weise verständnisvoll zu reagieren.

Nichtsahnend betrete ich das Büro, das sich meine Assistentin Daniela mit Mostkopfs Assistentin Camille teilt. Auf dem Lateralschrank am Eingang steht ein Plexiglas-Kubus, in dem ein undefinierbares Etwas vor sich hin schimmelt.

"Was zum Teufel ist das?", frage ich angeekelt.

"Kunst?", erwidert Camille. Sie klingt nicht überzeugt.

"Von ihrer Chefin", fügt Daniela hinzu.

Ich gehe einmal um den Lateralschrank herum. (Er dient den Mädels normalerweise als improvisierter Stehtisch.) Das undefinierbare Etwas entpuppt sich als Kopfsalat, der sein Haltbarkeitsdatum deutlich überschritten hat.

"Kunst?"

"Ja." Camille seufzt. "Meine Chefin befindet sich wegen Depressionen in einer Psychotherapie. Der Therapeut hat ihr geraten, sich mit ihrer eigenen Vergänglichkeit auseinanderzusetzen."

"Indem sie Kopfsalat beim Welken zusieht?"

"Wenn du den Kubus genau anschaust, siehst du, dass er von unten geöffnet werden kann. Sobald der Kopfsalat sich aufgelöst hat, bekommen wir ein neues Objekt."

Ohne ein weiteres Wort nehme ich den Kubus, gehe ins Büro von Mostkopf und stelle ihn demonstrativ mitten auf ihre Unterlagen. "Nicht in meinem Sekretariat."

Sie schaut mich mit ihren riesigen Glubschaugen dämlich an. "Aber, Nik, das ist doch sehr negativ. Ich wollte nur die jungen Mädchen mit meiner Kunst erfreuen und sie gleichzeitig auf ihre eigene Vergänglichkeit aufmerksam machen. Als junge Menschen vergessen sie sie leicht."

Sie kommt mir damit völlig quer rein.

"Natürlich vergessen sie sie, weil diese zwei Mädchen blutjung sind, ihr Leben geniessen und sich die Hörner abstossen sollen. Und sollte der Blitz sie treffen, bevor sie auch nur einen einzigen Moment über den Tod nachgedacht haben, ist das auch völlig in Ordnung."

Der Mostkopf baut sich hinter ihrem Schreibtisch auf. "So kann nur ein Mensch sprechen, der keine Ahnung davon hat, was Sterben bedeutet."

Sie muss etwas in meinem Gesicht gesehen haben, denn sie wird leichenblass.

In diesem Moment läutet mein Smartphone. Es ist eine der Frauen vom Empfang, und sie klingt völlig hysterisch. Ich verstehe nur, dass ich sofort kommen soll.

Am Empfang ist die Hölle los. Alle vier Frauen sitzen völlig entsetzt da oder weinen sogar.

"Schau ins erste Sitzungszimmer", schluchzt die jüngste.

Auf dem Sitzungstisch steht ein Plexiglas-Kubus. Darin liegt ein winziges, totes Kätzchen.

Im nächsten Sitzungszimmer der gleiche Anblick. Im übernächsten ist es ein Kaninchen. Noch ein Kaninchen. Dann mehrere Gruppen tote Ratten.

Ich rufe zuerst die Polizei an. Als die Beamten eintreffen – Tanner.

Mostkopf wird verhaftet und abgeführt.

Tanner kommt später zu mir ins Büro und erwischt mich dummerweise dabei, dass mir Tränen aus den Augenwinkeln laufen.

Ich gehöre zu den Menschen, die jeden Regenwurm vom

Asphalt retten und jede Biene nach draussen lassen, die sich in die Wohnung verirrt hat. In meinem Kellerabteil haben schon mehrere Generationen von Winkelspinnen ihr Leben zugebracht. Die grösste war fast so gross wie eine junge Tarantel und ich hatte, ehrlich gesagt, etwas Angst vor ihr.

"Lassen Sie nur", sagt Tanner, als ich mir möglichst unauffällig die Wangen abwischen will. "Auch ich habe einen Zwischenstopp am Waschbecken gemacht. Wir haben das alles auch zu Hause und die ganze Bande ist, wie mir meine Frau vorhin am Telefon versichert hat, verfressen, aufsässig, anhänglich und am Leben."

Er setzt sich auf einen Besucherstuhl.

"Und ich kann sie nicht einmal entlassen. Als sie mich fragte, ob sie ihre Kunst in den Sitzungszimmern präsentieren darf, sagte ich ja. Ich dachte, sie meint Bilder, weil sie bisher nur gemalt hat. Und von den Tieren hat sie nur die Ratten getötet. Das ist offenbar nicht verboten, weil es Futtertiere sind. Die Kaninchen hat sie tot einem Bauern abgekauft, und die Kätzchen waren Totgeburten, die ihr eine Züchterin gab."

"Über den Reputationsschaden oder die Gesundheitsgefährdung können Sie nichts machen?"

Tanner schüttelt müde den Kopf. "Duca schützt sie. Und Leuli schützt Duca. Ich wünschte, ich wüsste warum. Vielleicht haben die beiden sich einmal zufällig im gleichen Puff getroffen. Oder sie tragen als gemeinsames Hobby Windeln und legen sich in überdimensionierte Wiegen."

Für einen biederen Familienvater weiss er erstaunlich gut über die Abgründe der Menschheit Bescheid.

Ich weiss nur: Wenn ich in diesem Leben keine sogenannte "Kunst" mehr sehe, bin ich nicht böse.

Zeitreise: Mittwoch, 13. April, 16.07 Uhr (heute minus sieben Tage)

Nach dem ersten Eklat mit Mostkopf ist für fast vier Wochen Ruhe, bis die Plexiglas-Behälter plötzlich wieder auftauchen. Diesmal sind sie mit weissen Bohnen an Tomatensauce gefüllt, die bereits in allen möglichen Schimmelfarben schimmern.

Tanner wird kurz nach vier Uhr abends zuerst informiert. Er holt dann mich.

Wir sammeln alle Behälter ein – sie befinden sich wieder in den Sitzungszimmern, in den Cafeterias und in meinem Sekretariat –, stellen sie auf einen Möbelhund und fahren damit zu Mostkopfs Büro.

Tanner öffnet den ersten Behälter und kippt den Inhalt auf Mostkopfs Schreibtisch.

"Frau Müller. Sie sollten wirklich um mehr Ordnung besorgt sein", meint er dazu lakonisch, wirft den Behälter in die Ecke und winkt mir für den nächsten.

Als er fertig ist, türmen sich schimmelnde weisse Bohnen auf Mostkopfs Tastatur und die Tomatensauce trieft halb wässrig, halb klumpig über die Ränder der Tischplatte in den Teppich. Ihr Bildschirm gab mit einem Funkenknall den Geist auf, im ganzen Büro ist der Strom ausgefallen und sie hat ihr Mittagessen der Schweinerei beigefügt.

Wer noch nie selbst den Versuch gemacht hat (freiwillig oder unfreiwillig): Vergammelndes Eiweiss riecht fürchterlich.

"Frau Müller, bitte fassen Sie das Nachfolgende als Drohung auf. Ich will keinen dieser Plexiglas-Behälter und kein anderes Experiment von Ihnen mehr sehen. Als Künstlerin haben Sie Hausverbot. Und bis am Montag räumen Sie persönlich diese Sauerei auf."

Wir lassen sie stehen.

"So, und jetzt gehen wir eins saufen!", entscheidet Tanner, während wir uns am Waschbecken ausführlich die Hände schrubben.

Das Saufen ist zum Glück rhetorisch gemeint. Über einer Cola Zero bietet mir Tanner dann das Du an.

Zeitreise: Dienstag, 19. April, 15.55 Uhr (gestern)

Seit dem Bohnendebakel zeigt mir Mostkopf in jeder Hinsicht die kalte Schulter. Zumindest nehme ich das an, denn unsere Wege haben sich kein einziges Mal mehr gekreuzt. Aber leider gehen auch solche guten Phasen vorbei.

Als Tinta, mein Senior Webmaster, und ich das Sekretariat zufällig gemeinsam betreten, entdecken wir eine neue Leinwand an einer bisher leeren Wand.

"Was habt ihr denn da für eine wüste Pinnwand?", fragt Tinta in ihrer üblichen direkten Art.

Camille zieht den Kopf ein, wahrscheinlich, weil ihre Chefin direkt neben ihr steht. "Das ist keine Pinnwand. Das ist Kunst."

Tinta betrachtet das Bild lange. Sie sagt nur ein Wort und das gibt Mostkopf den Rest:

"Inwiefern?"

Als ich die Mädels heute wieder besuchte, war das Bild weg.

Gründonnerstag, 21. April, 9.52 Uhr

Dieser Tag ist traditionell immer sehr ruhig in unserer Firma. Ich arbeite mich durch alles, was liegen geblieben ist.

Die Ruhe endet, als Leuli als Osterhase verkleidet in mein Büro hoppelt.

Pavel ist gerade bei mir. Wie so oft um diese Zeit lehnt er an meinem Schreibtisch. Aus der Cafeteria hat er mir einen ayurvedischen Gewürztee mitgebracht. Er selbst gönnt sich eine heisse Schokolade.

Diese bleibt ihm allerdings, als er Leuli zu Gesicht bekommt, im Hals stecken.

Pavel beginnt zu husten.

Ich kann ihm nicht einmal auf den Rücken klopfen, denn ich bin vor Schreck erstarrt. Als Leuli sein Hasenkostüm erwähnte, stellte ich mir etwas Braunes vor, vielleicht aus einem etwas weicheren Stoff.

Was Leuli da anhat, ist aus Plüsch und knallrosa.

Ich bin bezüglich Fasnacht nicht allzu bewandert, aber ich glaube, es handelt sich dabei um ein Themenkostüm einer Basler Fasnachtsclique.

"Frohe Ostern!", brüllt Leuli. Er drückt mir und Pavel je ein faustgrosses Schokoladen-Ei in die Hand und hoppelt wieder hinaus. Dabei wippt sein Hasenschwanz, ein Bommel aus rosa Plüsch, neckisch hin und her.

Wir schauen zu seiner Assistentin, die ihm den Korb mit den Eiern schleppt. Sie starrt wortlos zurück, das blanke Entsetzen in den Augen.

Sie trägt rosa Plüschohren, wie sie an Junggesellinnen-Abschiedspartys beliebt sind. Zu ihren rot gefärbten Haaren sehen sie besonders scheusslich aus.

"Marion, wo bleiben Sie denn?", ruft Leuli ungeduldig aus dem Flur.

Mit einem tiefen Seufzer und hängenden Schultern folgt sie ihm.

Als sie fort sind und das Gelächter in den Büros um uns herum nachgelassen hat, schnalzt Pavel mit der Zunge. "Ich werde das leicht beklemmende Gefühl nicht los, dass wir sie hätten retten sollen, so von wegen Gentlemen und so weiter."

Wir tauschen einen Blick.

"Vielleicht im nächsten Jahr", sagen wir gleichzeitig und versuchen, das gerade Erlebte zu verdrängen.

14.00 Uhr

Mein schlechtes Gewissen gewinnt die Oberhand. Ich schaue bei Marion im Büro vorbei. Sie ist da. Die rosa Plüschohren hat sie abgelegt und ausser dass ihre Frisur nicht ganz so perfekt ist wie sonst, hat der Morgen keine Spuren hinterlassen.

Auf ihrem Schreibtisch steht ein riesiger Blumenstrauss. Ein sehr exklusiver Zürcher Florist verkauft Rosen, deren geschlossene Blüten faustgross sind. Der Strauss muss von da sein, denn er enthält fast ein Dutzend dieser aussergewöhnlichen Blumen.

"Von Zeeman", sagt Marion. "Offenbar nach einem Wink mit dem Zaunpfahl von Romano. Sind sie nicht schön?"

"Ja, das sind sie. Wie geht es dir?"

Sie wirft einen Blick Richtung Tür und lauscht.

"Er hatte die Tür geschlossen, als ich hier reinkam", beruhige ich sie.

"Hast du die Leute lachen hören?", fragt sie mich nur.

"Ja."

"So war es. Und dann ist er mir die ganze Zeit davongerannt. Sag es niemandem, aber er kennt sich im Gebäude eigentlich nur auf dieser Etage wirklich aus, und er weiss, wie er zur Cafeteria kommt. Den Weg zu dir habe ich ihm mal aufgezeichnet und ich glaube, er hat diesen Spickzettel immer noch dabei."

"Und du willst damit sagen ...?"

"Dass er sich die ganze Zeit verlaufen hat. Plötzlich war er weg und ich musste ihn wieder suchen und fand ihn dann in einer Besenkammer, oder wer weiss wo, wieder. Und er wollte einfach nicht auf mich hören. Ich habe keine Ahnung, ob wir tatsächlich alle Angestellten besuchen konnten." Sie lacht, aber es klingt eher verzweifelt.

Ich habe eine Idee, wie ich sie ein wenig trösten kann. "Soll ich dir etwas aus der Cafeteria holen?"

Ihre Augen leuchten auf. "Eine normale Cola?"

"Ich bin gleich zurück."

Obwohl wir beide für den CEO arbeiten, habe ich kaum je mit Marion zu tun und weiss gar nicht so richtig, was sie den ganzen Tag lang macht. Tanner nennt sie allerdings manchmal "Leulis Instrument des Terrors". Was er damit meint, möchte ich nicht wissen.

Weil Marion rundlich ist, weisen die anderen Frauen – die Hungerhaken, denen ein paar Pfunde mehr durchaus gut tun würden – sie regelmässig darauf hin, dass sie keine Cola mit Zucker trinken soll. Marion traut sich deswegen schon kaum mehr in die Cafeteria.

Sie freut sich sehr, als ich zurückkomme und gleich zwei Halbliter-Flaschen mitbringe. Eine verschwindet diskret in Leulis persönlichem Kühlschrank.

"Findet er die nicht?"

Marion schüttelt den Kopf. "Er weiss nicht, wo sein Kühlschrank steht."

Wir müssen beide grinsen.

"Frohe Ostern, Nik. Und arbeite nicht zu lange."

15.42 Uhr

Bald ist Arbeitsschluss und ich freue mich bereits sehr auf das verlängerte Wochenende. Mein Kühlschrank zu Hause ist seit gestern gefüllt. Im Regal warten spannende Bücher sowie einige DVDs auf mich. Und wenn das Wetter schön ist, plane ich, Sport zu machen.

Zum Glück findet morgen auch kein Teambildungsevent statt. Leuli wollte es durchstieren, aber Peacemaker Enhanced Trainings Ltd. – unser externer Anbieter – arbeitet über Ostern nicht. Wie unglaublich schade!!!

Kurz vor vier klopft jemand an meinen Türrahmen und mein Innerstes gefriert.

Es ist die Person, die ich auf der ganzen Welt am wenigsten sehen will: Elenor, Pavels Frau. Sie ist zwei Jahre älter als ich. Selbst nach all den Schwangerschaften sieht sie immer noch grossartig aus, mit blonden, halblangen Haaren und einer super Figur.

"Hallo, Nik." Sie kommt zur mir an den Schreibtisch.

Ich stehe auf, so dass ich ihr besser ausweichen kann. "Hallo, Ellie."

"Kein Willkommenskuss?"

Ich schüttle den Kopf.

"Keine Umarmung?"

Ich schüttle den Kopf.

Sie lächelt traurig. "Ich frage trotzdem: Möchtest du nicht über Ostern bei uns vorbeikommen? Die Kinder verstehen nicht, weshalb sie dich immer nur mit Pavel sehen."

Was gelogen ist. Die Kinder kennen und verstehen die Situation genau.

"Nein, Ellie."

Sie will noch mehr sagen, aber in diesem Moment kommt Tinta in mein Büro. Sie sieht aus wie eine Manga-Heldin. Ihre Haare, die sie immer in den verrücktesten Farben und Frisuren trägt, sind seit heute Morgen lila, halblang und glänzen wie Seide.

Tinta betrachtet uns beide aus schmalen Augen, während ihre Mundwinkel nach unten wandern. Sie wendet sich an mich. "Hast du einen Moment Zeit, Nik? Es ist wichtig."

"Natürlich. Du entschuldigst mich, Ellie." Ich folge Tinta ins Webmaster-Büro.

Tinta schliesst die Tür hinter uns und dreht den Schlüssel.

"Was ist los?", frage ich.

"Nichts, ich wollte mich eigentlich nur ins Osterwochenende verabschieden, da sah ich dein Gesicht."

Ich setze mich an den Besprechungstisch.

Grigory, unser Hipster, ist schon fort, wahrscheinlich um an irgendeinen Ort zu fahren, der gerade "hip" ist. Xavier, das Programmiergenie des Webteams, schläft, die Stirn platt auf der Schreibtischplatte, während die Arme zu Boden hängen. Unter einer Atombombe kann ihn jetzt nichts wecken. Wir sind also allein.

Es gab eine Zeit, da hatten Tinta und ich ein Friends-with-benefits-Arrangement, schliefen also ab und zu miteinander, ohne dass wir ein Liebespaar waren. Der Sex ging. Die Freundschaft und Vertrautheit sind geblieben.

"Sie wird nie aufgeben", stellt Tinta fest.

"Nein."

Um die Zeit herumzubringen, sprechen wir über die aktuellen technischen Entwicklungen und wie wir unser Webdesign daran anpassen wollen.

Nach zehn Minuten telefoniert Tinta mit meiner Assistentin und bittet sie nachzuschauen, ob mein Büro leer ist. Es ist.

"Wollen wir uns am Bellevue noch eine unvernünftige Kalorienbombe holen und uns ans Limmatufer setzen?"

Ich stimme zu.

Gegenüber dem Bauschänzli platzieren wir uns auf einem Bootssteg in die direkte Sonne. Der diesjährige April verhält sich wie ein Sommer und es ist entsprechend heiss. Trotzdem dauert es lange, bis das Eis in meinem Innern schmilzt.

Karfreitag, 22. April

In der Nacht auf Karfreitag kann ich nicht schlafen. So ziehe ich um fünf Uhr in der Früh meine Joggingkleidung an und renne der Limmat entlang bis nach Dietikon, was ungefähr zehn Kilometer sind.

Als mir das noch nicht reicht, renne ich weiter nach Baden und dann alles wieder zurück. Insgesamt ergibt das mehr als vierzig Kilometer, was dazu führt, dass ich – wieder zu Hause – auf dem Sofa einnicke.

Als es schon dunkel ist, klingelt das Telefon. Es ist der Abt aus dem Kloster im Osten Deutschlands, wo wir den allerersten Teamevent unserer Firma abhielten. Zwischen ihm und mir hat sich so etwas wie Freundschaft entwickelt.

"Ich wollte mich erkundigen, wie es Ihnen geht. Eigentlich war ich auch etwas erstaunt, dass Sie uns nicht besuchen kommen." In seiner Stimme schwingt ein Lächeln mit.

Wir unterhalten uns einige Zeit lang, wünschen uns dann gegenseitig frohe Ostern und hängen auf.

Als ich mir danach ein Nachtessen aus Spargeln und Kartoffeln koche, summe ich gut gelaunt vor mich hin.

Woche 16

Dienstag, 26. April, 7.30 Uhr

Die Ostertage gehen mit Wandern, Sport sowie Sonnenbaden und Lesen in einem Sessel am Fenster viel zu schnell vorbei.

Seltsam ist nur, dass Pavel sich kein einziges Mal meldet.

Als ich am Dienstag ins Büro komme, sitzt er an meinem Schreibtisch und arbeitet an meinem PC. Offenbar treibt er sich auf dem inoffiziellen Gameserver unserer Firma herum, einem Relikt aus meiner Zeit als Online-Chef, und macht dort Maintenance.

"Hi", sagt er.

"Guten Morgen, Pavel." Ich stelle meinen Rucksack ab. "Bin ich entlassen?"

"Natürlich nicht." Er loggt sich aus und steht auf. "Ich wollte nur nicht, dass du mir ausweichen kannst, bevor ich mich für Ellie entschuldigt habe. Sie weiss, dass sie dich in Ruhe lassen soll."

"Ist schon OK. Ich hab's überlebt."

Ich öffne meinen Lateralschrank und nehme meine Unterlagen heraus.

Pavel beobachtet mich. "Es wird immer so sein, nicht wahr? Dass wir drei keine Freunde mehr sind, nur noch du und ich."

"Ich weiss es nicht." Und ich möchte am Dienstagmorgen nach einem schönen langen Wochenende eigentlich auch nicht darüber sprechen.

Pavel scheint meine Stimmung zu spüren. "Gehen wir über Mittag joggen?"

"OK."

Wenn Ellie uns dazwischenfunkt, dauert es normalerweise immer einige Tage, bis sich die Freundschaft zwischen Pavel und mir wieder einrenkt. Diesmal schaffen wir es sofort, wofür ich dankbar bin.

Es ist keine GL-Sitzung – die Herren wollten schliesslich nicht über Ostern Anträge lesen. So kann ich mir den Morgen frei einteilen.

Über Mittag joggen Pavel und ich für einmal in die andere Richtung bis nach Tiefenbrunnen.

Diese Strecke ist etwas schwieriger als das andere Seeufer, da man am unteren Ende des Zürichsees den Hafen für die Touristenschiffe passieren muss. Man teilt sich den Gehsteig mit Fahrrädern und, an schönen Tagen, Herden von Touristen.

Entlang der Seepromenade am Utoquai und im Park bis zum Zürichhorn versammelt sich zudem halb Zürich. Vom Manager bis zum Student sitzen alle auf den Bänken oder im Gras und geniessen den strahlenden Sonnenschein.

Ich persönlich bevorzuge das andere Seeufer. Weil es dort mehr Geschäfts- und Wohngebäude und weniger Take-aways hat, sind Gelegenheitsbesucher seltener und die Abfalleimer quellen weniger über.

Dafür ist die Parkanlage vom Zürichhorn wirklich wunderschön, insbesondere jener Teil, wo der aus Steinquadern gefertigte Weg direkt am Wasser entlangführt.

"Warst du im Kloster?", fragt mich Pavel, als wir schon fast beim Bahnhof Tiefenbrunnen sind.

"Nein. Ich war hier. Es erschien mir nicht richtig, mich der Gemeinschaft an einem so hohen Feiertag aufzudrängen."

"Du warst nicht in unserem Online-Game."

Irgendwann muss ich Pavel einmal beichten, dass ich Computerspiele längst nicht so schätze wie er. Als Online-Chef waren meine Tage eher langweilig und eintönig und ich praktizierte auch noch nicht wieder regelmässig Yoga. Da war es eine lustige Abwechslung, abends in die Rolle einer Hexe oder eines Totenbeschwörers zu schlüpfen und gemeinsam Monster kloppen zu gehen. (Was das über den Geisteszustand erwachsener Männer aussagt, will ich an dieser Stelle lieber ausblenden.)

Heute fehlt mir dazu schlicht die Zeit. Selbst die Game-Apps auf meinem Smartphone kommen kaum noch zum Zug.

Auf dem Rückweg spazieren wir das letzte Stück vom Bürkliplatz bis zu unserem Bürogebäude.

"Da ist Tommy", sagt Pavel plötzlich.

Etwa zwanzig Meter vor uns flaniert ein Mann mit einer Frau im Arm. Er trägt einen massgeschneiderten Anzug, eine sehr teure Uhr und auch alle anderen Statussymbole sind vom Feinsten, wirkt aber ansonsten ziemlich abgefackt. Jedes Groupie sieht nach einem One-Night-Stand mit der gesamten Rockband frischer aus.

Pavel gibt ein Grollen von sich. "Ich würde dem Kerl so gern die Fresse polieren!"

Thomas Gerald Goodwinter ist der Leiter strategische Entwicklung England unserer Firma. Seine Ehefrau und seine drei Kinder befinden sich in England. Die ganze Firma weiss von seinem Herumvögeln, weshalb er meist TBB, kurz für Tommy Bum Bum, genannt wird.

"Ich habe das Flag auf ihn übrigens nochmals erweitert." Seit TBB mir beim allerersten Teambildungsevent fast die Nase gebrochen hat, hat Pavel es sich in den Kopf gesetzt, ihn des Betrugs zu überführen und deshalb an den Computersystemen der Firma herumgeschraubt. "Das gleiche gilt für das Flag auf Il Duce."

"Irgendein Ergebnis?"

"Nein. Aber ich bleibe dran. Vielleicht sollte ich mal meine Hacking-Fähigkeiten entrosten, zum Beispiel an ihren Heim-PCs."

Pavel macht nur halb Spass. Es gab mal eine Zeit, da stand er immer mit einem Fuss im Gefängnis, weil er die Sicherheit von Computersystemen ohne Einwilligung der Betreiber "testete".

"Mach keinen Scheiss. Wenn du deine Midlife-Crisis hast, dann leb' sie woanders aus."

Pavel lacht. "Ach, Nik, jetzt sei doch nicht immer so erwachsen!"

Mittwoch, 27. April, 15.26 Uhr

Da diese Woche im Kanton Zürich noch Schulferien sind, gäbe es relativ wenig zu berichten, hätte sich nicht Leuli wieder einmal etwas Besonderes für mich ausgedacht:

Er ruft mich in sein Büro und eröffnet mir, dass ihn irgendein Freund aus einem dieser Old Boys Networking Clubs um einen Gefallen gebeten hat. Ich soll Feedback zum Einführungstag einer anderen Firma geben, der morgen stattfindet. Damit werde ich im Prinzip für einen Konkurrenten tätig – wenn auch für einen, der weit ausserhalb unserer Liga spielt.

Ich frage ihn, ob das wirklich in seinem Sinne ist.

Er sagt in seiner üblichen liebreizenden Art: "Aber natürlich. Gehen Sie nur. Erweitern Sie Ihren Horizont und lernen Sie etwas."

Donnerstag, 28. April, 8.15 Uhr

So finde ich mich also an einem milden Frühlingsmorgen vor einem fremden Konferenzzentrum wieder – zwecks Teilnahme am Einführungs-/Willkommenstag der anderen Firma.

Der Kollege von Leuli sieht etwa so aus, wie ich ihn mir vorgestellt habe, und ich kann nur mit Mühe den Zwang unterdrücken, nach dem Händeschütteln meine gleich waschen zu gehen.

Die Angestellten, die ins Gebäude schlurfen, wirken apathisch.

"Sie machen das erst nach Ablauf der Probezeit?"

"Klar. Wir vermitteln den Angestellten bei diesem Anlass Informationen, die für ihre langfristige Karriere bei uns relevant sind."

Für mich hört sich das fast wie eine Drohung an.

Das Konferenzzentrum gehört dem Unternehmen selbst, was aber nichts an der Tatsache ändert, dass das Gebäude eine kalte Unpersönlichkeit ausstrahlt. Wie stets ist da dieses "zu viel" an Platz, das ein flaues Gefühl in der Magengrube hinterlässt. Die glänzenden Pflanzenarrangements in ihren riesigen Designertöpfen sehen alle unecht aus, obwohl sie wahrscheinlich mehr gekostet haben, als ich im Monat verdiene. Schwarz und Chrom. Die Empfangsdamen, sehr sorgfältig zurechtgemacht, wirken im grellen Neonlicht zehn Jahre älter als sie wirklich sind, was eine Differenz von zwanzig Jahren zu dem Alter ergibt, das sie einem glauben machen wollen.

Auf der Anzeigetafel steht der Willkommenstag falsch angeschrieben.

Ich gehe die Wendeltreppe zum Auditorium hoch. Stimmen dringen von oben.

ICH WERDE VON EINEM CLOWN BEGRÜSST.

Das wäre kein Problem, wenn diese bestimmte Firma in der Unterhaltungsbranche tätig wäre oder in irgendeinem anderen Geschäftsfeld, wo die Leute etwas seltsam sind – der IT beispielsweise.

Nur ist diese bestimmte Firma eine international tätige Bank, und mein gegenwärtiges Umfeld zeigt dies deutlich. Der vorherrschende Kleidungsstil ist "Totengräber trifft auf Pinguin".

Und nun also ein Clown am Einführungstag. Und dann noch ein besonders lausiger.

Die Aufgabe des Clowns ist klar: die Kommunikation zwischen den an die zweihundert neuen Angestellten zu fördern und die Atmosphäre aufzulockern. Das mag in einzelnen Fällen funktionieren, fühlt sich aber so an, wie wenn beim allererstn Date mit einer neuen Flamme die eigene Mutter dabei ist und einem mit der Aufforderung: "Jetzt küsst euch doch mal, Kinder!", die Köpfe zusammenrammt.

Ich bewundere, mit welchem Stoizismus die Teilnehmer es ertragen, von dem Maskierten gepackt und herumgezerrt, in ihren guten Businesskleidern mit Wasser aus einer dieser dämlichen Ansteckblumen bespritzt zu werden und ein Post-it mit ihrem Namen auf den Rücken geklebt zu bekommen.

Der Clown überlebt mich und ich finde mich vor dem Buffet des Stehfrühstücks wieder, das eine Dreiviertelstunde lang gehen und ebenfalls die Kommunikation erzwingen soll.

Ich hätte diesen Teil gerne ausgelassen, aber dieser Punkt war im Programm nicht aufgeführt, damit die Leute nicht erst zu den Vorträgen auftauchen.

Der Lärmpegel steigt und steigt, weil die Schwätzer sich gegenseitig übertönen wollen. Die Morgenmuffel schweigen. Die Dreiviertelstunde dauert ewig. Meine Laune kippt von Gelb auf Rot (Grün starb beim Anblick des Clowns), und ich bereue zutiefst, dass ich mich zu diesem Blödsinn bereit erklärt habe.

Wir werden ins Auditorium gegongt. Die Sitze sind hart und von Sardinendosen inspiriert. Das Programm wird an die Wand gebeamt. Das Übliche: Begrüssung, Strategie, Logistics, Altersvorsorge, Freizeitaktivitäten, Legal & Compliance. Als Abschluss am Nachmittag eine Art Marktplatz.

Ein Banker, Typ "jahrelang dabei und präsentabel, deshalb als Aushängeschild geeignet, aber sonst nicht besonders brauchbar", tritt ans Mikrofon.

"Liebe neue Mitarbeitende von XY AG. Ich freue mich, Sie im Namen der Geschäftsleitung herzlich zu begrüssen. Sie sehen das Programm hier über mir. Als besonderes Highlight wird, wenn alles klappt, unser CEO Sie heute Nachmittag persönlich begrüssen …"

Wenn er nicht gerade Kaffeepause hat oder aufs Klo muss.

"Jetzt beginnen wir mit einer kleinen Vorstellungsrunde. Leider kann sich nicht jeder im Saal persönlich vorstellen. Bei fast zweihundert Personen fehlt uns einfach die Zeit dazu. Aber beginnen wir doch bei mir."

Natürlich. Ist ja schliesslich auch ein selbstverliebter Banker.

Danach wird das Mikrophon in den Reihen eins und zwei herumgereicht wie eine Dose mit giftigem Sondermüll. Wichtigste Überlebensregel bei solchen Anlässen: Die ersten fünf Reihen sind tabu. Alle sind froh, als die peinliche Vorstellung vorbei ist. Nur Mister Ego, der selbstverliebte Banker, merkt nichts.

"Wir freuen uns, den Tag heute gemeinsam mit Ihnen zu verbringen, und stehen Ihnen für alle Fragen gerne zur Verfügung."

Danach beginnt die Gehirnwäsche.

Mein Sitznachbar schläft trotz der grauenhaften Sitze.

Die Strategiepräsentation gleicht einem Dauerbeschuss mit englischen Bullshit-Bingo-Schlagwörtern. Ich überlege mir, ob ich ein Spiel beginnen soll, aber der Präsentierende verhaspelt sich die ganze Zeit und verwechselt die Begriffe.

Die Logistics-Präsentation reisst die Teilnehmenden, die inzwischen alle selig von der Kaffee- und Pinkelpause träumen, rüde aus ihrer Erstarrung. Mit Trillerpfeifen im Mund, von denen sie auch rege Gebrauch machen, stampfen zwei in grelle Trainingstrikots und Schildkäppi gekleidete Menschen in den Saal. Einer davon nähert sich der Pension und der Fettleibigkeit. Das andere ist ein Lehrling. Sie sieht aus, als hoffe sie, dass der Boden sie verschlingt.

Alle paar Pfiffe nehmen sie die Pfeife aus dem Mund und skandieren: "Logistics ist cool!" – "Logistics ist effizient." – "Logistics ist trendy."

Dummerweise haben sie ihren Auftritt nicht geprobt. Eine Parole vor der Bühne gehen ihnen die Parolen aus. "Äh ..., Logistics ist geil?"

Der Mann neben mir – inzwischen aufgewacht – vergräbt sein Gesicht in den Händen.

Ich kann nur mit Mühe einen tiefen Seufzer unterdrücken. Wer auch nur ein bisschen Hirn hat weiss um die Wichtigkeit von Logistics, egal ob eine Chefassistentin oder eine ganze Abteilung den Job macht.

Ich für meinen Teil schätze es über alles, einen Schreibtisch inklusive Computer und inklusive Bürostuhl zu haben. Wenn die Kakerlakenparty in der Kaffeemaschine in regelmässigen Abständen durch Putzen unterbrochen wird. Wenn es Raumpfleger gibt und diese idealerweise nicht zuerst die Toiletten und dann mit den gleichen Tüchern auch noch die Tische wischen – oder die Tücher ansonsten wenigstens regelmässig wechseln. Einen internen Postdienst ...

Und jetzt dieses Trauerspiel.

Der fettleibige Senior hat ein ganz rotes Gesicht. Hoffentlich darf er bald aufhören.

Das Fazit des Gehampels ist eine URL auf dem Intranet von XY AG, wo sich angeblich alle Informationen zu Logistics finden.

Wir sind in die Pause entlassen.

Oder doch nicht ganz. Angeleitet von Mister Ego müssen wir auf der Treppe nach unten innehalten und einen Urschrei loslassen.

"Machen Sie sich gehört bei der XY AG!", ruft er kämpferisch.

Leider rettet uns kein Einsatzkommando des nahegelegenen Polizeipostens. Sie scheinen Verzweiflungsschreie gewohnt zu sein.

Als Mister Ego uns entlässt, wird er von WC-Touristen über den Haufen gerannt. Zweieinhalb Stunden sind eine lange Zeit mit voller Blase.

Während der Kaffeepause schleicht der Clown wieder rum.

Ein Banker neben mir, Marke Kundenberater, graumeliert, sehr gepflegt, beobachtet ihn. Sein Gesichtsausdruck ist betont neutral. In seinem Beruf kommt man nicht weit, wenn man seine Gefühle nicht ganz ausgezeichnet verstecken kann. Kunden tragen alles zu ihrem Banker, von der Beichte bis zum handfesten Ehestreit.

Der Clown nähert sich. Der Kundenberater schaut ihn nur an.

Der Clown macht einen grossen Bogen um uns.

"Wie gefällt es Ihnen bei XY AG?", frage ich den Kundenberater.

"Es ist eine interessante Erfahrung. Ich komme von einer lokalen Privatbank und wollte internationaler arbeiten." Er beobachtet, wie Mister Ego mit dem Clown herumschäkert, offenbar um die Aufmerksamkeit einiger junger Frauen, Typ Röhrenjeans und bauchfrei, zu erregen.

Der Kundenberater durchlebt einen der Momente, die fast jeder Arbeitnehmer in den ersten Monaten an einer neuen Stelle kennt. Die ganze Welt verschiebt sich kurz seitwärts. Einige weitere Illusionen werden dabei zerquetscht. Das Herz sinkt in die Magengrube und man stellt sich die bange Frage: "Habe ich einen Fehler gemacht?"

Wir werden ins Auditorium zurückgegongt, oder doch nicht ganz. Auf der Treppe müssen wir uns wieder versammeln, unseren Gegenüber packen und ihm/ihr fünf Fragen stellen:

· Wie heisst du? (Nur Vornamen bitte, wir sind schliesslich locker.)
· Wo arbeitest du?
· Was ist dein Tätigkeitsbereich?
· Wie lange bist du schon bei XY AG?
· Was machst du als Hobby?

Das Gebrüll ist ohrenbetäubend. Niemand versteht auch nur die Hälfte.

"Das ist Ihr erster persönlicher Kontakt bei XY AG!", brüllt Mister Ego. "Nun lassen Sie sich noch die Telefonnummer geben! Gehen Sie bald zusammen essen."

Ich verdrehe die Augen. Für diese Art von Kommunikations-förderung brauchen die dazu Verdammten ein Minimum an Gemeinsamkeiten.

Der Rest des Morgens schleppt sich dahin. Legal & Compliance bildet den Abschluss vor dem Mittagessen. Und das ist in fast jeder Firma so: Die Präsentation von Legal & Compliance oder ganz selten auch CICD (all die minutiösen Vorschriften, wie das Unternehmen nach aussen auftritt in Logo, Schrift, Schriftgrösse etc.) kommt immer dann, wenn der Blutzuckerspiegel am tiefsten ist, die Aufmerksamkeit gegen null tendiert und jede Sekunde eine Stunde dauert. Wahrscheinlich gab es in grauer Vorzeit einmal einen sadistisch veranlagten Gott der Einführungstage, der das so festgelegt hat.

Mit dem Ergebnis, dass die Zuhörer endgültig ins Koma fallen.

Vor dem Mittagessen gibt es einen weiteren Urschrei auf der Treppe. "Tragen Sie die Message unserer Excellence in die Welt hinaus!", jubiliert Mister Ego auf Denglisch.

Welcher Gemütszustand folgt auf rabenschwarz? Tiefrot?

Das Mittagessen hat den Charme eines Fast-Food-Menus. Beim Anblick der Gerichte frage ich mich jedoch, ob XY AG Vorkehrungen trifft, damit möglichst wenige der Angestellten ihre Pension auch wirklich erleben.

Ein Nachtisch vom teuersten Confiseur der Stadt macht das Cholesterinfestival perfekt.

Kurz vor Ende der Mittagspause macht die Nachricht die Runde, dass der CEO tatsächlich auftaucht. Der Clown trommelt alle zusammen. "Kommt, kommt, es geht weiter!"

Inzwischen wurde ein anderer Teil des Konferenzzentrums geöffnet – eine grosse Halle mit einzelnen Verkaufspunkten. Der Clown zeigt einige simple, hoffnungslos veraltete Zaubertricks. Ich nutze die Zeit als Biopause. Dann steht der CEO wirklich auf dem Podest ganz vorne. Er ist jung, um die vierzig, und sieht ein wenig aus wie ein Biber mit Brille.

Brillenbiber macht seinen neuen Schäfchen klar, dass sie beim tollsten Unternehmen der Welt arbeiten. Die Litanei wird langsam etwas repetitiv. Dann müssen der Senior Logistiker und seine junge Kollegin Luftballons für den Clown aufblasen, mit dessen Hilfe Brillenbiber etwas illustrieren will. Warum begreift wohl nur Leulis Rotary-Kollege, seines Zeichens Verfasser des Programmablaufs.

Der Senior Logistiker kippt bewusstlos um. Seine Kollegin und zwei Zuschauer eilen ihm zu Hilfe. Brillenbiber schaut kurz hin und brabbelt weiter, unterstützt vom Clown, der mit den Ballons herumfuchtelt. Unruhe kommt unter den Zuhörern auf.

"Es geht ihm gut", sagt Brillenbiber irgendwann genervt, mit einem Blick auf den Logistiker, der schlapp und vornübergebeugt hinter dem Podest sitzt. "Bitte richten Sie Ihre Aufmerksamkeit jetzt wieder auf mich."

Als das Trauerspiel schliesslich um 15.30 Uhr vorbei ist, treffe ich mich mit dem Verursacher dieses Unheils.

"Und?", fragt er mich und sieht tatsächlich etwas blass um die Nasenspitze aus. "Wie fanden Sie den Anlass, Herr Wydmer?"

"Er war ausserordentlich lehrreich. Vielen Dank für diese ganz besondere Erfahrung."

Das Gesicht des Mannes hellt sich auf. Er begreift nicht, dass meine Aussage sowohl positiv als auch negativ gemeint sein kann.

"Haben Sie Verbesserungsvorschläge?"

Ob ich dereinst in die Hölle komme, wenn ich dieses Grauen noch perfektioniere?

"Höchstens auf einem ganz hohen Niveau. Angesichts der grossen Beliebtheit des Clowns würde ich ihn unbedingt auch bei den Präsentationen einbinden."

Der Mann strahlt. "Das ist eine ausgezeichnete Idee!"

… für die mich in den kommenden Jahren Tausende von Angestellten hassen werden.

Freitag, 29. April, 8.55 Uhr

Leuli streckt den Kopf in mein Büro. Weshalb muss unsere GL nur so mobil sein? In anderen Firmen sieht man das Führungsgremium nie.

"Und, wie war es gestern?"

"Sehr interessant." Mein Gesicht bleibt neutral-ausdruckslos.

"Wusste ich es doch. Also haben Sie etwas gelernt."

"Ja." Dass man dem Wahnsinn rechtzeitig Einhalt gebieten und ihn mitsamt der Wurzel entfernen muss.

"Dann überlegen Sie sich mit dem Leiter HR, wie wir unseren Einführungstag verbessern können. Ich erwarte Ihre

Vorschläge Ende nächster Woche." Leuli macht Anstalten zu gehen, dreht sich dann aber noch einmal um. "Ach ja, und wenn Sie schon dran sind, schauen Sie sich auch gleich dieses Diversity-Zeugs mit Köhler an."

"Diversity-Zeugs?"

Leuli wird ungeduldig. "Sie wissen schon. Diesen Vorstoss von der Teilzeitanwältin aus dem Legal, Frauenförderung und so weiter."

Ich kann nur mit Mühe ein Seufzen unterdrücken. "Aber natürlich."

Woche 17

Montag, 2. Mai, 7.59 Uhr

Nach einem Wochenende, das ich in Yogaworkshops verbracht habe, beginnt mein Montag recht entspannt. Schade nur war der 1. Mai ein Sonntag. So fällt nach den schlecht gelegenen Weihnachts- und Neujahrsfeiertagen schon wieder ein normalerweise freier Tag ins Wasser.

Auch Pavel mault deswegen rum. Er hat am 1. Mai Geburtstag. Als Geschenk habe ich ihm ein Computervirus gemailt. Es ist eine meiner besseren Leistungen. Gelingt es ihm, das Virus zu knacken, findet er darin verborgen einen Gutschein für ein Essen in seinem Lieblingsrestaurant für sich und Ellie.

Als erstes stelle ich den Bericht über die Medienresonanz von BuBi AG im Monat April fertig und versende ihn an alle Geschäftsleitungsmitglieder.

Leulis Interview im Wirtschaftsmagazin (mit dessen Chefredaktor ihn die innige Hassliebe verbindet), wurde mehrmals zitiert, vor allem in Online-Medien, aber auch von einer einflussreichen Zeitung. Das müsste den CEO eigentlich freuen.

Und ich brauche ihn heute gut gelaunt, sonst geht mein Tag den Bach runter.

Meine wichtigste Aufgabe heute sind die abschliessenden Vorbereitungen für die Management Info am Abend. Dieser Anlass findet vierteljährlich statt. Eingeladen ist das gesamte Kader der BuBi AG. Der CEO wird seine übliche Ansprache zur Geschäftsentwicklung halten. Danach gibt es einen Apéro.

Um halb neun treffe ich mich mit Tanja, der Leiterin Events, zu einem Tee in der Cafeteria.

Als ich im Januar so unvermittelt Kommunikationschef wurde, war alles für den Februarevent schon vorbereitet, so dass ich "nur" noch die Präsentation liefern musste.

Für den heutigen Event haben Tanja und ich die Chance genutzt, Verbesserungen vorzunehmen. So führten das ewig gleiche Apéro-Essen (frittierte Hackfleischbällchen, frittierte Shrimps, frittierte Frühlingsrollen) und der Veranstaltungsort (unsere renovationsbedürftige Firmenkantine) schon lange zu Beanstandungen.

Der heutige Anlass findet zum ersten Mal in den Konferenzräumen der SWX statt und zu essen gibt es Kartoffelsalat mit Würstchen, Gemüsestreifen mit Dips sowie eine Auswahl Käse mit Brot.

"Ich bin gespannt, woran sie danach wieder etwas auszusetzen haben", sagt Tanja mit einem Seufzen und schüttelt ihre Haare. Diese sind zu einem Pagenkopf geschnitten und knallorange – ungefärbt, wohlverstanden.

Tanja hat ein etwas angespanntes Verhältnis zu diesem aussergewöhnlichen Geschenk der Natur. Ich finde es für eine Eventverantwortliche optimal. Man muss sie in einer Menge nie suchen.

70

"Sie motzen immer." Ich blättere in meinen Unterlagen. "Möchtest du, dass ich mitkomme, um die Beamer zu testen?"

"Nein, danke. Das haben wir im Griff. Wenn du eine halbe Stunde vor Beginn da bist, reicht das."

Wir stellen fest, dass alle sinnvollen Vorbereitungen abgeschlossen sind.

"Wo stehst du mit der Präsentation?", fragt sie mich.

"Leuli ist am hin und her Ändern."

"Die Zahlen von Duca frisieren?"

Ich nicke. Tanja verzieht das Gesicht.

Wir diskutieren noch etwas über die Entwicklung unserer Firma, die sich merklich im Umbruch befindet. Die Internationalisierung brachte Personalwachstum und den Zwang zu professionellerem Arbeiten. Viele altgediente Mitarbeitende haben damit grosse Mühe.

"Es sind jetzt gerade etwa zwei Jahre, seit die Initiative begann", rechnet Tanja nach. "TBB kam damals im Spätsommer. Cinque Bam und Froggy folgten im Winter."

Weil ich in der Vergangenheit kritische Kommentare von Lesern dieses Blog erhalten habe, möchte ich die Gelegenheit nutzen, um etwas zu erklären: Ich weiss, wir haben in unserer Firma viele Spitznamen für Kollegen und, ja, vielleicht verwenden wir diese etwas gar oft. Aber nicht alle Spitznamen sind böse.

Cinque Bam, der Leiter strategische Entwicklung Italien, heisst so, weil er fast alle Fragen nach Privatem mit einem gehetzten: "Cinque Bambini!" (fünf Kinder), beantwortet. Er ist ein ganz lieber Kerl und mir fällt niemand ein, der ihn nicht mag. Sogar TBB, der arroganteste Esel, den ich kenne, verhält sich ihm gegenüber einigermassen anständig.

Froggys Name hingegen ist genauso fies gemeint, wie er klingt. Er basiert auf der abschätzigen Bezeichnung der Engländer für die Franzosen und ist zu zweihundert Prozent verdient.

Tanja bringt mich auf eine Idee. "Machst du eigentlich auch die Anlässe für TBB in England?"

"Ich habe sie früher gemeinsam mit einer dort ansässigen Firma organisiert. Letzten Herbst wollte TBB das nicht mehr. Jetzt läuft alles über einen externen Organisator."

"Was war der Grund für diesen Wechsel?"

"Ich wollte nicht mehr. Zu Beginn funktionierte die Zusammenarbeit, aber dann wurde TBB plötzlich so eklig, dass ich zu Thomas Tanner ging. Ich verstehe heute noch nicht, was ich falsch gemacht habe."

Ich mache ein paar Scherze über die Engländer, um Tanja aufzuheitern, und denke mir, dass Pavel mit seinem Flag tatsächlich eine Chance hat, TBB auf die Schliche zu kommen. Irgendwann macht jeder einen Fehler.

Der Rest des Tages läuft dann weniger entspannt. Bei der neunundneunzigsten Version seiner Präsentation ist Leuli endlich zufrieden und ich darf im Tempo des gehetzten Affen zur SWX rasen, um alles rechtzeitig einzurichten.

Während der Präsentation wünsche ich mir dann, im Boden zu versinken. Unser CEO steht seit neustem auf Smileys. Grüne und rote Zahlen für Plus und Minus reichen ihm nicht mehr. Er illustriert alle Ergebnisse mit einem lächelnden (grün), einem die Stirn runzelnden (orange) sowie einem kotzenden Smiley (rot).

Die Seniors im Kader der BuBi AG schauen ungehalten. Sie sind es nicht gewohnt, nach Kindergartenart unterrichtet zu werden.

Am Ende der Präsentation wissen alle, dass es nichts Neues gibt. International läuft harzig-OK, Inland kämpft mit Abflüssen. Die Mitarbeiter sind gemäss der neusten Umfrage nur bedingt zufrieden. Die Regulierungsbehörden machen uns armem Finanzdienstleister das Leben schwer.

Bei der abschliessenden freien Fragerunde spielen sich die Gleichen wie immer in den Vordergrund und schleimen, was das Zeug hält:

"Vielen Dank für diese äusserst interessante Präsentation, Stefan. Ich habe eine Frage zum [Thema], zu dem ich dir vor [Zeit] auch schon eine Mail gesandt habe ..."

Oder: "Wie wir kürzlich miteinander diskutiert haben, Stefan, ist für mich das [Thema] von grösstem Interesse. Welche Meinung vertrittst du angesichts der zu beobachtenden Entwicklung [irgendeine obskure Ausführung, die für niemanden nachvollziehbar ist]?"

Der Apéro ist dafür ein voller Erfolg. Alle Häppchen werden in portionengerechten Schalen gereicht, selbst die Würstchen, die in kurze Stücke geschnitten sind, und die Saucen für die Dips.

Als ich mich fertig bedient habe und zum Tisch gehe, trage ich einen Teller mit einer Anzahl grösserer und kleinerer Schalen darauf ... und kann endlich wieder einmal von den Dips essen.

Bei normalen Apéros hat es immer irgendwelche Widerlinge, die die angeknabberten Gemüsestangen nochmals durch den gemeinsamen Saucentopf ziehen, was mir persönlich nicht behagt.

Pavel neben mir mampft sich glücklich durch Gemüsestreifen und Käsehäppchen. Er war beim Coiffeur und trägt sauber gebügelte Chinos und Hemd. So sieht er für einmal richtig gepflegt aus. Nur das Smartphone, das er in einem Lederhalter am Gürtel trägt, verrät ihn noch als Informatiker.

Wir ziehen beide den Kopf ein, als der Mostkopf sich nähert und sich doch tatsächlich zu uns an den Tisch stellt.

"Und, ihr zwei Hübschen, wie geht es bei euch?", fragt sie mit ihrer Telefonsexstimme.

"Recht gut, bis du kamst", erwidert Pavel frostig. Seine Kampfansage ist für einen so ausgeglichenen Menschen wie ihn untypisch.

"Du Witzbold!" Mostkopf legt ihm die Hand auf den Unterarm. Er erstarrt.

Sie wendet sich an mich. "Hör mal, Nik. Du leitest doch die Diversity-Arbeitsgruppe. Nimm mich auch auf die Teilnehmerliste."

Woher hat sie den Blödsinn schon wieder? "Das ist nicht korrekt. Die Leitung ist entweder bei Sophie von Legal oder Nero Köhler, dem Leiter HR. Du musst dich an sie wenden."

Bei Neros Namen leuchten ihre Augen auf und sie sucht die Anwesenden nach ihm ab. "Dann schaue ich doch gleich einmal, ob ich ihn finde."

Wir sind sie los.

Tinta gesellt sich zu uns. Sie ist erst seit Kurzem im Kader und dieser Anlass ihre erste Management Info. Ihre Wangen leuchten vor Aufregung, was zu ihren lilafarbenen Haaren nicht nur gut aussieht.

"Geh weg. Dir platzt gleich die Birne und ich habe keine Lust, dann in der Unglückszone zu stehen", nimmt Pavel sie gutmütig hoch.

Sie lacht. "Wenn du mit meinem Gehirn bespritzt bist, würde ich dich wenigstens wiedererkennen. Was ist denn mit dir passiert? Weshalb sieht mein liebster Grunge-Informatiker plötzlich aus wie ein Manager?"

"Seit die älteste Tochter des Grunge-Informatikers nicht mehr will, dass ihr Vater wie Curt Cobain rumläuft."

"Uh, höhere Umstände also", scherzt Tinta. "Und so verlässt nach Nik ein weiterer wichtiger Exponent den Olymp der Unangepassten."

Ich schrecke auf. "Ich gehörte zum Olymp der Unange-passten?"

"Früher ja. Heute siehst du aus, als könntest du für Armani Werbung laufen." Tinta lächelt etwas traurig. "Wir werden wohl alle älter."

Dienstag, 3. Mai, 9 Uhr

Nachdem ich mich schon auf zwei bis drei Stunden gähnende Langeweile eingestellt habe, erwartet mich am heutigen GL-Meeting eine Überraschung.

Bereits als er das Sitzungszimmer betritt, habe ich das Gefühl, dass der CEO stinkig ist und einen Groll gegen mich hegt. Dass dem tatsächlich so ist, erfahre ich, als Leuli die Sitzung eröffnet.

"Um dieses leidige Thema gleich auf den Tisch zu bringen: Mir liegt hier eine Petition des Direktionskaders vor, die mir von Rudolf Reinherr, unserem Leiter Legal, übergeben wurde und deren Erhalt ich gegenzeichnen musste. Darin verlangen achtunddreissig unserer rund fünfzig Direktionsmitglieder, dass die Teambildungsevents zukünftig wieder von Nicolas Wydmer organisiert werden sollen", ich erhalte einen ganz finsteren Blick, "oder ansonsten abgeschafft."

Er blättert in dem zusammengehefteten Stapel Blätter. "Zu meinem Leidwesen scheint sich dieses Virus bis in die GL verbreitet zu haben. Romano, Nils und Thomas, ihr habt ebenfalls unterschrieben."

Ich begreife nicht, wie das geheim bleiben konnte. Normalerweise verplappert sich immer jemand, oder man erhält einen Tipp.

"Wie mir Reinherr versichert hat, wissen Sie nichts von dieser Petition, Wydmer, und, ausgehend von ihrem Gesichtsausdruck gerade eben, tendiere ich dazu, ihm zu glauben."

"Das ist eine Frechheit!", empört sich Lucius Duca. "Wie kann uns die gesamte Führungsstufe so in den Rücken fallen."

"Um präzise zu sein, fallen wir dir und Stefan in den Rücken", erläutert Zeeman. Er schaut den CEO an. "Sei ehrlich, Stefan, hast du wirklich das Gefühl, dass diese unsäglichen Events etwas bringen?"

"Auf jeden Fall. Wir zahlen immerhin genug dafür."

Tanner seufzt. "Wie wir alle wissen, besteht zwischen Kosten und Nutzen nicht immer eine direkte Korrelation. Überleg doch, Stefan: mehrere Verletzte, eine Anzeige bei der Polizei, gefolgt von einer Schadenersatzzahlung, ziemlich viele Krankheitsabwesenheiten jeweils nach den Events. Da kann doch etwas nicht stimmen."

"Ich sage dir, was nicht stimmt. Unsere Führungsorganisation besteht nur aus Weicheiern. Das sieht man unter anderem daran, dass keiner ausser Lucius und mir einen militärischen Rang bekleidet."

"Also ich war Hauptmann, aber ich nehme an, das zählst du zum Fussvolk", bemerkt Scarpetta säuerlich.

Tanner schnaubt. "Und ich immerhin Oberleutnant, was einem auch nicht geschenkt wird."

"Euch meinte ich ja auch nicht", versucht Leuli, seinen Kopf zu retten.

Duca richtet sich auf. "Ich bin Major!"

Zeeman verdreht die Augen. "Wie du uns bei jedem möglichen und unmöglichen Anlass auf die Nase bindest. – Äh, wo schon wieder?"

Alle starren sich feindselig an und schweigen.

Tanner schaut den CEO an. "Stefan, weshalb sagst du uns nicht einfach, wo das Führungsproblem liegt, das diese Teambildungsevents beseitigen sollen?"

"Es gibt kein Führungsproblem!", quiekt Leuli.

"Dann gibt es also tatsächlich eins." Romano Scarpetta wechselt einen raschen Blick mit Tanner.

Tanner erwidert den Blick des CEOs mit ruhiger Entschlossenheit. "Stefan?"

Der CEO wendet sich mir zu. "Wydmer, raus!"

"Möchten Sie, dass ich in mein Office gehe, oder soll ich draussen warten?"

Der CEO winkt mich weg. "Die Sitzung ist für Sie heute beendet. Gehen Sie arbeiten. Ich kümmere mich um das Protokoll."

Freitag, 6. Mai, 14.12 Uhr

Der Rest der Woche ist zu meinem Erstaunen Business as usual. Ich beantworte die üblichen Anfragen, schreibe ein Pressecommuniqué, halte den CEO davon ab, die jurassische Polizei zu verklagen (immer noch die Geschichte mit den Sexpuppen; Leuli will die von der BuBi AG geleistete Schadenersatzzahlung zurück) und mache Gesichtsvermietung für unsere Portfolio Manager. Will heissen: Ich platziere Beiträge mit ihnen in den Medien.

Heute steht jetzt wieder einer dieser wunderbaren Teambildungsevents an. Die Motion zur Abschaffung wurde von der GL offenbar abgeschmettert.

Allerdings ist der heutige Event nur ein Eintäger, der für einmal in Zürich stattfindet. Wir sind im Belvoirpark, der Hotelfachschule. Dort müssen wir unter Anleitung ab Mittag einen Fünfzehngänger kochen: fünf Vorspeisen, fünf Hauptgänge und fünf Desserts.

Da die Küche nur zwanzig Personen aufs Mal fasst, arbeiten wir in Schichten. Während eine Gruppe kocht, machen die beiden anderen im Essbereich irgendwelche Teambildungsübungen.

Ich werde der ersten Kochschicht zugeteilt. Den auf die Gruppenbildung folgenden Vorabinformationen zu den Übungen höre ich schon gar nicht mehr zu. Diese Brücke überqueren wir, wenn wir hinkommen.

Es geht ab in die Küche, die wie fast jede Hotelküche seltsam riecht. Gemeinsam mit zwei weiteren Direktionsmitgliedern, Risk Managern mit ausgeprägten autistischen Zügen, koche ich eine Pilzsuppe. Genauer gesagt: Ich koche, nachdem einer der Elfenbeintürmler sich in den Finger geschnitten hat und der andere deswegen in Ohnmacht gefallen ist.

Die Kursleiterin kümmert sich um den Verletzten, der flennend an einem Tisch am Rand der Küche sitzt. Den Bewusstlosen ziehen wir aus dem Weg und breiten eine warme Decke über ihn.

Da mir niemand dreinredet, habe ich viel Zeit, den anderen beim Kochen zuzusehen und beobachte das Folgende:

Tommy Bum Bum bohrt genüsslich in der Nase, schaut sich verstohlen um und steckt dann den Finger in den Mund, nur um danach wieder die Löffelbiscuits für das Tiramisu anzufassen. Das i-Tüpfelchen setzt er drauf, als er bei einem Nachbarteam ein Stück Fetakäse klaut ... was noch kein Problem wäre, denn wir naschen alle rundum.

Nur spuckt Tommy den Käse sogleich wieder aus und sagt angewidert und sehr laut: "This tastes like dick!"

Für einen Moment kehrt Totenstille in der Küche ein. Rudolf Reinherr, neben seiner Funktion als Leiter Legal auch unser firmeninterner Bettkater, zieht eine Braue hoch. "Auf was für Erfahrungen du immer zurückgreifen kannst, Tommy! Wie schmeckt denn Schwanz?"

Fast alle Anwesenden lachen los. Der Leiter Vertrieb Global, einer der Überlebenden der Reorganisation von Inland und International, schüttelt dabei dummerweise das indische Gewürzpulver in seiner Hand. Es steigt ihm in die Nase, was zu einem explosionsartigen Niesen in seinen (Chicken Tikka Masala) und den danebenstehenden Kochtopf (Daal aus roten Linsen) führt.

Bald darauf kommt Froggy, der Leiter strategische Entwicklung Frankreich, von der WC-Pause zurück und übernimmt die Kochstation neben mir (Kokosnusssuppe mit Garnelen). Da er sich nach dem WC-Besuch nie die Hände wäscht – Argument: Ich fasse schliesslich nur mich selbst an! – werde ich auch von seinem Gericht sicher nichts kosten.

Dass ich nicht einmal entscheiden darf, was ich alles stehen lasse, sondern gar nichts zu essen bekomme, zeigt das Brummen meines Mobiles.

Es ist Tinta und sie spricht sehr ruhig und deutlich, was bei ihr der höchsten Alarmstufe entspricht: "Wir haben ein Virus in unseren Netzwerken, Nik. Jemand hat es über einen USB-Stick eingeschleppt. Wir sind dabei, alle Verbindungen zur Aussenwelt zu kappen, damit es nicht nach draussen tunneln kann. Gemäss Disaster-Recovery-Plan dürfen wir nach den zwingend notwendigen Sicherungsschritten nur in Gegenwart von zwei Direktionsmitgliedern fortfahren."

"Pavel und ich sind gleich bei dir, Tinta. Zeigen die Überwachungssysteme, von wem das Virus eingeschleppt wurde?"

"Ja, es war Il Duce, als er ein neues Familienfoto als Hintergrundbild auf seinen Desktop gespielt hat."

Ich hänge ohne ein weiteres Wort auf, schnappe mir Pavel und ziehe den CEO in einen ruhigen Winkel. Mein Gesicht muss Bände sprechen, denn für einmal drischt Leuli keine Phrasen.

Fünf Minuten später bin ich mit Pavel und allen IT-Spezialisten im Direktionskader unterwegs zum Büro. Das Tram rüttelt vor sich hin. Wir alle schweigen düster. Dass unsere Sicherheitssysteme das Virus nicht erkannt haben bedeutet, dass es entweder sehr alt oder brandneu ist. Als streng regulierter Finanzdienstleister kann uns ein solches Ereignis im schlimmsten Fall unsere Reputation oder die ganze Existenz kosten.

Als sie unsere Schritte im Gang hört, eilt Tinta uns entgegen. "Dem Himmel sei Dank seid ihr da. Die Verbindungen zur Aussenwelt sind gekappt. Es sieht so aus, als wäre es Xavier gelungen, das Virus zu isolieren, aber es hat damit begonnen, Daten zu verändern."

Pavel und ich gehen zu Xaviers Arbeitsplatz und schauen ihm über die Schulter. "Meine Leute sind zugeschaltet?", wendet sich Pavel an Tinta.

"Ja, schau." Sie zeigt auf ein Icon auf Xaviers Bildschirm. Es weist darauf hin, dass die Station für den Fernzugriff freigegeben ist.

Pavel wirft einen Seitenblick auf Xavier, der ihn nicht beachtet und fast heiter wirkt, während er mit perfekter Fingerfertigkeit tippt.

Ich ahne, wie Pavel zumute ist. Xavier ist Autist und kann sich mit uns nicht immer ganz so gut verständigen. Dafür unterhält er sich mit Computern in fliessendem Code. Er arbeitet bei mir im Webmaster-Office, weil wir mit ihm umgehen können und weil unsere Firma intern eigentlich nichts mehr programmiert. Alles wird an externe Dienstleister gegeben.

Und trotzdem landet alles, was wirklich funktionieren muss, irgendwann für das Bugfixing bei Xavier.

"Nik, siehst du, wo das Virus sich festgesetzt hat?", fragt Pavel. Er ist sehr blass.

Ich nicke. Das Virus sitzt im Portfolio-Management-Modul, über das – vereinfacht gesagt – die Buchhaltung für all unsere Fonds läuft.

"Das ist kein gewöhnliches Virus", wispert Pavel. "Das ist ein geplanter Angriff."

Über die nächsten Stunden verschanzen wir uns im Webmaster-Büro, dem Punkt in der Firma, der am besten vernetzt ist. Wir richten über unsere Smartphones eine Telefonkonferenz mit IT ein. Da unser Telefonsystem auf Voice-over-IP basiert (also über unsere Computersysteme und die Internetleitungen läuft), könnte es auch infiziert sein und jederzeit ausfallen.

Gemeinsam folgen wir Schritt für Schritt dem festgelegten Disaster-Recovery-Plan und haken einen Kontrollpunkt nach dem anderen ab. Die Stimmung ist sehr ernst, still und konzentriert. Pavel tigert zwischen uns und seinen Leuten hin und her.

Bald wissen wir, ab wann die incremental Back-ups korrumpiert sind. Wir folgen der Ausbreitung des Virus, um die infizierten Systeme auszusondern. Wir überprüfen jedes in

Quarantäne gesetzte System mehrmals, um sicherzustellen, dass es wirklich sauber ist.

Wir konfiszieren Ducas PC. Pavel wird ihn in einer Sandbox-Umgebung durchtesten, um mehr über das Virus und seinen Hersteller herauszufinden.

Gegen zwölf Uhr abends ist der Systemzustand unmittelbar vor der Infektion wieder hergestellt. Pavel bringt Pizzas und setzt sich einen Moment. Er sieht sehr müde aus.

"Das war grossartig reagiert, Tinta, dass du das Trading sofort ausgesetzt hast."

Sie lächelt schief. "Was ich eigentlich nicht durfte. Die Anweisung muss von jemandem aus dem Direktionskader kommen."

Pavel winkt ab. "Ich habe die Anweisung gegengezeichnet. Es ist alles in Ordnung."

Von Xaviers Schreibtisch erklingt ein Schnarchen. Er schläft in seiner üblichen Position, die Stirn platt auf den Schreibtisch gestützt und die Arme zu Boden hängend. Pavel betrachtet ihn mit einem Kopfschütteln.

"Wäre er nicht gewesen, hätten wir viel grössere Schäden. Dem Himmel sei Dank, Nik, hast du dir von Leuli das Team zurückerkämpft." Er packt meinen Webmaster Grigory, der neben ihm sitzt, an der Schulter und schüttelt ihn sanft. "Du warst auch ausgezeichnet."

Grigory nickt und zittert weiter vor sich hin. Er ist ein urban Nerd mit Hornbrille, dünner werdenden Haaren und stets hippen Kleidern. Bei Notfällen gehört er zu jenen, die sich tapfer schlagen, nur um danach, wenn alles wieder OK ist, in Ohnmacht zu fallen.

Nach einem Stück Pizza gebe ich das Essen auf. "Komm, Pavel, lass uns zu deinen Leuten gehen."

In den IT-Büros mache ich das gleiche wie Pavel bei mir im Team, lobe die Kollegen und klopfe ihnen auf die Schulter.

Sie alle freuen sich sehr über die Aufmerksamkeit. Es gehört zum Alltag von Informatikern, in irgendeiner Abstellkammer zu arbeiten und von allen anderen Abteilungen angeschnauzt zu werden.

Um halb eins stürzen plötzlich die gesamte GL sowie alle Direktionsmitglieder des Asset Managements in den IT-Bereich.

Pavel erstattet Bericht und lobt den Einsatz von uns allen.

Lucius Duca, der Spartenleiter Inland, fällt ihm ins Wort. "Wie konnte so etwas passieren! Wie unprofessionell arbeiten Sie hier eigentlich?"

Pavels Augen werden schmal. "Wir arbeiten professionell genug. Das Problem liegt darin, dass sich gewisse Mitarbeiter nicht verpflichtet fühlen, die Sicherheitsdirektiven einhalten. Wie machen Sie das beim E-Banking zu Hause: Kleben Login, Passwort und Streichliste als Post-it an Ihrem Bildschirm?"

Duca will aufbegehren.

Leuli platzt der Kragen. "Hör auf, dich aus der Verantwortung zu winden, Lucius. Deinetwegen haben wir heute einen halben Tag Trading in Europa und fast einen ganzen in den USA verloren. Deinen Bonus kannst du vergessen."

Duca wird rot und holt tief Luft. Alle Anwesenden beobachten den CEO gespannt.

Leuli zieht den Anschiss bis zum Ende durch: "Ebenfalls ergibt das einen schriftlichen Verweis mit Eintrag in dein Personaldossier. Wir sprechen uns am Montag um sieben Uhr in meinem Büro. Gute Nacht, Lucius!"

Duca trollt sich.

Auf Anweisung des CEO rufe ich die Webmaster herbei. Er dankt uns allen und lobt unsere Arbeit.

Kurz vor halb zwei können wir dann endlich nach Hause.

Woche 18

Samstag, 14. Mai, 18.21 Uhr

Über eine Woche ist seit dem Virenangriff vergangen. Heute regnet es endlich wieder einmal. Ich sitze am Fenster und beobachte, wie die Regentropfen über die Scheibe rinnen. Neben mir steht ein Kräutertee. Obwohl die Temperatur im Zimmer nicht allzu kühl ist, klappern mir die Zähne.

Pavel sendet mir eine Instant Message.

(18.23 Uhr) Frau und Kinder langsam wieder auf den Beinen, ich immer noch im Bett. Wie geht es dir?

Das Tippen geht langsamer als sonst. Meine Finger wollen nicht so richtig gehorchen.

(18.24 Uhr) Bescheiden.

Und das ist noch gelogen. Andererseits gibt es auch Kollegen, die im Krankenhaus liegen.

Was uns erwischt hat?

Nun, nach dem Virus in unseren Computersystemen hat sich das Norovirus unter uns Menschen ausgebreitet. Es nahm seinen Ursprung wahrscheinlich bei einem Direktionsmitglied. Diese Person verteilte es am Teambildungsevent an alle Kollegen. Die ersten hingen bereits Freitagnacht über der Schüssel. Ab Montag lief dann die Welle durch die ganze Firma.

Mich erwischte es am Dienstag, Pavel am Mittwoch. Danach konnte ich drei Tage lang die Keramik im Badezimmer von allen Seiten betrachten.

Das ist zum Glück inzwischen vorbei, aber ich fühle mich immer noch, wie wenn ich einen Tag lang Runden im Wäschetrockner gedreht hätte.

Bald schlafe ich wieder ein.

Woche 19

Montag, 16. Mai, 8.55 Uhr

Der Start in den Arbeitsalltag ist hart. Die Kleider hängen an mir, die Knie zittern, und konzentrieren kann ich mich auch nicht wirklich.

Als Pavel mich in meinem Büro besucht, zuckt er bei meinem Anblick zusammen. "Mann, dich hat es ja erwischt."

"Danke, gleichfalls." Er sieht auch nicht besser aus.

"Wie steht es um die Firma?" Er setzt sich ächzend auf einen Besucherstuhl am Besprechungstisch.

Ich setze mich zu ihm, auch wenn mir der Weg vom Schreibtisch zum Sitzungstisch wie eine Weltreise vorkommt. "Wir arbeiten immer noch gemäss Notfallplan, aber alle Key-Positionen sind besetzt, wenn auch teilweise mit der Vertretung der Vertretung."

"Grossartig." Pavel stützt den Kopf auf die Hand. "Ich find's toll, wie wir uns selbst aus dem Verkehr ziehen. Andere brauchen Konkurrenz dafür."

Da kann ich ihm nur zustimmen. "Wenigstens hat die Presse nichts vom Vorfall mitbekommen."

"Ja, wenigstens das." Pavel schaut zur Tür, als dort ein Geräusch erklingt. Es ist Leuli.

"Sie beide sehen aus wie zweimal gekotzt und nur einmal aufgewischt", begrüsst uns der CEO mit seiner üblichen Herzlichkeit.

Pavel und ich ziehen nur die Brauen hoch.

Leuli seufzt und setzt sich zu uns an den Besprechungstisch. "Wie geht es Ihnen?" Ihm selbst sieht man nicht so viel an, aber grosse und von Natur aus hagere Menschen haben da oft einen Vorteil.

"Etwa so, wie wir aussehen", erwidere ich zynisch.

Leuli grinst, eine seltene Reaktion. "Also wie mir. – Hören Sie. Ich benötige von Ihnen eine Beschreibung des Virenangriffs. Sie wird Bestandteil unserer Anzeige gegen Unbekannt sein wie auch meines Verweises an Lucius."

Wieder einmal ist mein Mundwerk schneller als mein Verstand. "Dann ziehen Sie es durch?"

Leuli schaut mich erstaunt an. "Weshalb sollte ich nicht?"

Ich schweige, denn was ich denke, kann ich nicht aussprechen.

"Wydmer, weshalb sollte ich nicht? Lucius ist genauso ein Angestellter dieser Firma wie wir alle. Verstösst er gegen eine Weisung, wird er bestraft."

Pavel antwortet für mich. "Es gibt Gerüchte in der Firma, dass er eine Sonderstellung geniesst", sagt er ruhig. "Er soll etwas gegen Sie in der Hand haben."

Leuli starrt ihn lange an. Ich beginne zu beten, dass Pavel seinen Job behält.

"Er hat nichts gegen mich in der Hand", sagt Leuli schliesslich ebenso ruhig.

Pavel nickt. "Sie bekommen Ihre Beschreibung des Virenangriffs."

Leuli erhebt sich. An der Tür dreht er sich nochmals um. "Man erzählt sich wirklich in der Firma, dass Lucius mich erpresst?"

Wir nicken.

Leuli schüttelt den Kopf und geht.

Als wir sicher allein sind, frage ich Pavel: "Bist du wahnsinnig?"

"Weshalb? Leuli war immer anständig zu mir. Weshalb sollte er mir schaden, nur weil ich die Wahrheit sage?"

Pavel hat sich, obwohl älter als ich, noch einen Teil seiner Illusionen bewahrt. Ich mag nicht darüber diskutieren. "Komm, wir schreiben den Bericht."

Dienstag, 17. Mai, 7.30 Uhr

Der CEO ruft mich wieder einmal zu sich ins Büro, kaum dass ich meinen Rucksack abgestellt und den Computer hochgefahren habe. Das ist der Fluch der Statusanzeige im Instant-Messaging-Programm.

"Setzen Sie sich, Wydmer."

Ich gehorche. Der Tonfall ist ungewohnt. Leuli scheint weder wütend noch ungehalten zu sein.

"Ich benötige Ihren Rat. Mir ist schon lange bewusst, dass ich manche Mitglieder der Führungsriege nicht so erreiche, wie ich es mir wünsche. Hat das mit den erwähnten Gerüchten über eine Erpressung durch Lucius zu tun?"

Morgens um halb acht funktioniert mein Gehirn noch nicht so schnell. Ich denke nach.

"Wydmer, ich frage nicht 'wer', sondern 'ob'."

"Das ist mir bewusst. Lassen Sie mich rasch mein Wissen sortieren."

Nach einer halben Minute bin ich soweit. "Um direkt auf Ihre Frage zu antworten: Ich denke ja. Allerdings spielt auch eine Rolle, dass Sie ein Theoretiker und Analyst sind, also niemand, der auf die Leute zugeht."

"Wie kann ich das ändern?"

Yippee! Vom Regen in die Traufe. "Wurde Ihnen denn schon etwas vorgeschlagen?"

"Ja, ich habe von diesen unnützen Consultants eine ganze Liste erhalten als Ersatz für die Teambildungsevents. Dass ich regelmässig mit den Leuten sprechen soll, zum Beispiel in einer gemeinsamen Kaffeepause. Oder diese dämliche Osterhasen-Geschichte ... "

Mich sticht wieder einmal der Hafer. "Die Consultants haben Ihnen vorgeschlagen, sich in ein zweckentfremdetes rosa-farbenes Hasenkostüm zu kleiden und hoppelnd Ostereier zu verteilen?"

Leulis herabgezogene Mundwinkel lassen keinen Zweifel, was er von meiner Frage hält. Seine Stimme ist sehr frostig. "Sie schlugen vor, dass ich Anlässe wie Ostern oder Samichlaus nutze, um den Angestellten das kleine Firmengeschenk persönlich zu übergeben."

"Ah." Womit wir das auch geklärt hätten. "Sonst nichts?"

"Nichts, was ich zu prüfen bereit wäre."

Das ist mein Stichwort, dass ich ihn genügend geärgert habe.

"Nun, Sie haben verschiedene weitere Ansatzpunkte", beginne ich, mein eigenes Grab zu schaufeln. "Sie könnten sich ab und zu in den Büros Ihrer Direktunterstellten zeigen. Sie könnten regelmässig über das Intranet kommunizieren und einen internen Blog oder eine Mailbox einrichten, damit die Leute mit Vorschlägen und Fragen an Sie gelangen können. Ein regelmässiger Apéro würde sich auch für die Beziehungspflege anbieten."

"Und funktioniert das alles tatsächlich? Der Zeitaufwand erscheint mir sehr hoch."

Die hohen Herren vergessen immer, dass Führung ein wichtiger Teil ihrer Aufgabe ist und Zeit benötigt.

Dummerweise zögere ich.

"Was verschweigen Sie mir, Wydmer?"

"Dass ich die Wirkung dieser Massnahmen bezweifle, solange sich ein Graben durch die GL selbst zieht und sie in einen inneren und äusseren Zirkel teilt. Einheit beginnt im Kopf, nicht in den Füssen."

Leuli schiesst das Blut in die Wangen, ob aus Ärger oder Verlegenheit, kann ich nicht sagen.

"Danke für Ihre Einschätzung", beendet er das Thema. "Nun noch zu etwas anderem, auf das mich Herr Köhler aufmerksam gemacht hat. Sie haben ein Ferienguthaben von fast fünfzehn Wochen. Seit vier Jahren waren Sie keine zwei Wochen am Stück mehr fort. Sie bringen uns da in eine sehr ungemütliche Lage, da wir Ihnen gemäss Obligationenrecht pro Jahr zwei zusammenhängende Wochen Ferien schulden."

Er schaut mich über seine Brille hinweg an. "Ich bin nicht erfreut. Darf ich Sie bitten, mir einen Vorschlag zu machen, wie sie dieses Jahr sechs Wochen Ferien beziehen wollen. Davon sollte ein Block mindestens drei Wochen betragen."

"Und wie soll das gehen im Hinblick auf die Präsenzpflicht bei den Teambildungsanlässen?"

"Das ist ein guter Hinweis", gibt sich Leuli erstaunlich versöhnlich. "Ich habe vor, Ferienabwesenheiten während der Events zuzulassen. Wie genau das geschehen soll, wird die GL nachher besprechen."

Zurück im Büro nehme ich die Agenda hervor und versende eine Mail.

Die wöchentlichen WC-Papier-Bestellungen – sprich: die GL-Sitzung – werden ihrem Ruf wieder einmal gerecht. Thomas Tanner rapportiert über den Büromaterialverbrauch, für den sein Bereich verantwortlich ist. Offenbar ist der durchschnittliche Verbrauch an Stiften pro Monat und Mitarbeiter um eine Kommastelle gestiegen, was ihm grosse Sorgen bereitet.

Die Diskussion stirbt erst, als Leuli sie resolut köpft, an einer Wegkreuzung begräbt und ihr zusätzlich noch einen Pfahl durchs Herz rammt.

"Um auf die Ereignisse vor zehn Tagen zurückzukommen: Wir müssen den Set-up der Teambildungsworkshops überdenken. Es ist zu risikoreich, wenn alle Direktionsmitglieder zweimal im Monat an einem Ort sind."

"Es ist ja nicht so, als würden wir im Flugzeug reisen", versucht Il Duce abzuwiegeln.

"Auto fahren ist gefährlicher als fliegen", gibt Scarpetta zurück.

"Meine Herren!" Leuli klopft mit den Knöcheln auf den Tisch. "Ich habe von unserem Risk Management die Risiken der Events berechnen lassen und mich mit den Peacemaker-Leuten, unserem externen Anbieter, besprochen. Wir machen es jetzt so: Es gibt einen Anlass pro Monat. Jedes Direktionsmitglied muss einen Teambildungsevent innerhalb von zwei Kalendermonaten besuchen. Die Anmeldung läuft nach dem First-come-First-served-Prinzip. Ab zehn führen wir den Event durch. Bei dreissig Anmeldungen machen wir den Cut. Da die Zahl unserer Direktionsmitglieder je nach Personalfluktuation zwischen fünfzig und fünfundfünfzig pendelt, müsste das ausreichen. Die Daten sind ein halbes Jahr im Voraus bekannt und buchbar. Ach ja, und keine Regel ohne Ausnahme: Sie, Wydmer, müssen bei jedem Event dabei sein, ausser natürlich Sie haben Ferien."

Weshalb erwischt es immer mich? Ich nicke ergeben.

"Sie dienen als Anlaufstelle für Ihre Kollegen und als Verbindungsoffizier zu uns."

Ich deute ein Salutieren an.

Leuli ignoriert es und geht weiter zum nächsten Thema. Die anderen GL-Mitglieder sind konsterniert, dass er eigenmächtig entschieden hat.

"Jetzt zum Erfreulichen: Wir lancieren einen neuen Fonds. Den sogenannten 'Alpha Hoppel'."

"Alpha Hopper", korrigiert Romano Scarpetta gequält.

"Ah ja, genau. Und wieso heisst das Ding schon wieder so?" Leuli blättert in seinen Unterlagen.

Duca meldet sich zu Wort. Seine Stimme ist ölig. "Weil es die Value Proposition des Fonds ist, dass er der Konkurrenz bei der Alpha-Generierung in grossen Sprüngen davoneilt."

Tanner schaut leicht säuerlich drein. "Hat die Müller dieses Sätzchen gedröselt?"

"In der Tat." Duca lächelt wie ein Haifisch.

Sie gehen den Antrag durch, der den genauen Set-up des Fonds beschreibt.

"Der Ansatz ist gut, aber mir reicht das noch nicht. Ich will eine genauere Spezifikation und Risikoberechnung", bestimmt Leuli.

"Der Antrag befindet sich in der vierten Runde", stellt Scarpetta genervt fest. "Wir haben schon ziemlich viel Zeit verloren. Im Moment sind wir immer noch die ersten. Mit jeder weiteren Woche steigt das Risiko, dass die Konkurrenz ein ähnliches Produkt auf den Markt bringt."

"Trotzdem." Leuli bleibt hart. "Ich riskiere nicht den guten Ruf unserer Firma, nur damit wir die ersten sind."

"Muss die Extrarunde wirklich sein?", fragt Duca. "Ich benötige ein gutes Produkt, um uns im Schweizer Markt wieder ins Gespräch zu bringen. Jeder Tag, den ich darauf warten muss, kostet uns Geld."

Eine seltsame Energie geht durch das Sitzungszimmer. Um Lucius Duca scheint sich ein Leerraum zu bilden. Er spürt es, denn seine Wangenmuskeln spannen sich.

Als ich nach der GL-Sitzung zurückbleibe, um die Fenster zu öffnen, trödelt auch Scarpetta.

"Sag mal, Nik. Täusche ich mich, oder haben wir gerade den Fall des Kronprinzen miterlebt?"

Mittwoch, 18. Mai

Leuli zieht die Verwarnung von Duca knallhart durch. Ich bin beeindruckt, da ich das nicht erwartet habe.

Diese Beobachtung bleibt mein einziger Lichtblick der Woche.

Fondslancierungen sind mir ein Gräuel. Mit jeder Lancierung scheint eine Art Wahnsinn die Firma zu ergreifen und kollektives Vergessen auszulösen.

Weshalb?

Weil niemand sich in der Lage sieht, einen abgestimmten Prozess zu etablieren und auch zu leben. Es ist jedes Mal von Anfang bis zum Ende ein Chaos. Alle reden mit, aber niemand sieht sich als Owner der Lancierung, was dazu führt, dass niemand für das gesamte Produkt Verantwortung übernimmt.

In der Managementtheorie nennt man das auch den Vasa-Effekt. Die Vasa war ein schwedisches Kriegsschiff, das im 17. Jahrhundert auf der Jungfernfahrt von sich aus sank, kaum dass es den Hafen verlassen hatte.

Als Online-Chef bemerkte ich die Lancierungen immer dann, wenn Marketing eine Zeit lang sehr verschwiegen tat und dann plötzlich eine ganze Lawine an Material kam, das innert fünf Minuten – nein, besser noch gestern – aufgeschaltet werden musste.

Hörte ich einmal rechtzeitig davon und fragte nach dem Lancierungsdatum, hiess es jeweils: "Das braucht dich noch nicht zu interessieren. Du erfährst schon noch rechtzeitig davon." Was dann eben doch nie passierte.

Diesmal bin ich von Beginn weg dabei. Alle vier Anträge zum neuen Fonds gingen bei der Vorbereitung der GL-Sitzungen über meinen Tisch.

Und nein, entgegen meiner früheren Vermutungen fühlt es sich nicht besser an. Diesmal sehe ich das Grauen im ganzen Ausmass.

Beim ersten Antrag musste Sebastian Streuli, der Leiter Fonds, bei der GL antraben und Rechenschaft ablegen. Der Vorgang ist wie eine Gerichtsverhandlung der Inquisition aufgebaut. Der vor das Gremium zitierte Mitarbeitende muss sich mit Händen und Füssen für seine Idee wehren, während die hohen Herren den Scheiterhaufen unter ihm oder ihr entfachen.

Sebastian hat viel Erfahrung mit diesem Hexenprozess. Er absolviert den gleichen Büssergang für jedes neue Fondsprodukt. Nur scheint er durch die früheren Inquisitionen gravierende Schäden davongetragen zu haben.

Als die GL die Zielgruppe des neuen Produktes moniert – ausschliesslich Institutionelle Anleger –, sagt Sebastian doch allen Ernstes: "Dann passen wir halt die Zielgruppe für das Produkt unseren Interessen gemäss an."

Solche Bemerkungen erhöhen die Sterblichkeitsrate bei Marketingverantwortlichen drastisch. Präziser gesagt: bei richtigen Marketingverantwortlichen. In Version zwei des Antrags unterstützt Mostkopf die Idee enthusiastisch.

Donnerstag, 19. Mai, 13.30 Uhr

Was begann als "Nik Wydmer und Nero Köhler verbessern Einführungstag und Diversity", bekommt heute erste Form im Rahmen einer dreistündigen Sitzung.

Während der ersten beiden Stunden widmen wir uns dem Einführungstag. Dafür, dass wir noch nie miteinander auskamen, arbeiten wir erstaunlich gut zusammen.

Wir einigen uns auf einen Halbtagesanlass, der am Morgen stattfindet und von einem gemeinsamen Lunch aller neuen Mitarbeitenden abgeschlossen wird.

Statt des üblichen Vortragsreigens wird es eine Einführungspräsentation geben, die von mir geschrieben und von Köhler als Leiter HR gehalten wird. Ich bin gut darin, Fakten einfach, kurz und verständlich darzustellen. Wie alle Absolventen der Hochschule St. Gallen kann er gut und professionell präsentieren. (Das Versprochene und Schöngefärbte zu liefern ist hingegen ein anderes Thema.)

Bei unserer hohen Personalfluktuation macht ein Anlass pro Quartal Sinn. Für das Essen buchen wir ein Restaurant, in dem es verhältnismässig ruhig ist, so dass sich die neuen Mitarbeitenden gut unterhalten können.

Wir setzen uns die nötigen Deadlines. Dann erstaunt mich Köhler. "Kein GL-Antrag. OK? Das entscheiden wir selbst. Und dass wir Leuli rapportieren sollen, vergessen wir einfach."

Ich nicke. Kann es wirklich sein, dass er eine Gelegenheit zum Arschlecken auslässt? Oder will er mich irgendwie austricksen?

Wir schliessen das Thema pünktlich und gönnen uns in der Cafeteria eine Pause. Das Wetter ist warm, so dass wir auf der Terrasse sitzen und den Sonnenschein geniessen können.

Beim Small Talk über Sport zeigt sich Köhler beeindruckt, dass ich in der Lage bin, Marathondistanzen zu laufen und das auch jedes Wochenende mache.

"Würde man dir Bohnenstange gar nicht zutrauen."

Soll ich jetzt sauer sein oder mich geschmeichelt fühlen?

"Durch das Yoga kommst du eher als Warmduscher rüber."

Wahrscheinlich ist sauer die bessere Option.

Köhler betrachtet mich von der Seite. "Du weisst schon, dass du dich für solche sportlichen Leistungen speziell ernähren musst?"

Ich schnaube. "Im Gegensatz zu dir habe ich keine Aspirationen, wie ein Model auszusehen."

Köhler lässt sich nicht provozieren. "Darum geht es nicht. Was ich meine ist, dass du generell von allem mehr brauchst als unsportliche Menschen. Als Marathonläufer ist dein Körper eine Hochleistungsmaschine und will entsprechend behandelt werden."

Pavel, der sich eine Tasse Tee zubereitet hat, kommt zu uns. "Darf man sich anschliessen oder habt ihr Chambre séparée?"

Köhler schiebt den freien Stuhl mit dem Fuss vom Tisch weg, so dass Pavel sich setzen kann.

"Welches Thema habe ich unterbrochen?"

"Sport." Köhler spielt mit seinem leeren Assugrinbeutel. "Nik hat mir gerade erzählt, dass er jedes Wochenende Marathondistanz läuft."

Ich hätte dieses Thema gerne umschifft. Pavel weiss noch nichts davon. Entsprechend erstaunt schaut er drein.

"Wann hast du denn das angefangen?"

"Über Ostern."

Pavel hat keine Freude. "Willst du dich ins Grab bringen?"

"Pavel, das ist wirklich nicht der Ort ..."

"Bei deinem Ernährungsverhalten? Auf welcher Dosis bist du: drei Salatblätter und eine Scheibe Tofu pro Tag?"

"Was kann denn schon passieren!", versuche ich erneut, die Diskussion abzuwürgen.

"Wenn alles dumm läuft, stirbst du oder fällst ins Koma."

Mir reicht es inzwischen. "Das sind doch Ammenmärchen."

Köhler schüttelt den Kopf. "Nein, das stimmt schon, wobei natürlich immer noch weitere Faktoren mitspielen. Zwei meiner Kollegen, die Marathon liefen, haben sich so verabschiedet. Die Anzeichen, dass etwas nicht stimmt, sind meist Herzrhythmusstörungen, Nervosität und schlechter Schlaf."

Was ich alles habe, aber nicht vom Sport, sondern vom Ärger, den mein Job mir verursacht.

Pavel wechselt den Ansatz und wendet sich an Nero Köhler. Wir sind jetzt im Ich-hole-mir-Verstärkung-Stadium. "Hattest du ärztliche Betreuer während der Karriere als Leistungssportler?"

Köhler war als Teenager recht erfolgreich im professionellen Schwimmsport.

Köhler dreht seine Kaffeetasse im Unterteller. "Ja." Er schaut uns an, scheint zu überlegen, ob er weitersprechen soll. "Aber im professionellen Sport ist das nicht immer ein Vorteil, vor allem, wenn man jung und leichtgläubig ist."

Pavel und ich warten gespannt. "Doping?", frage ich schliesslich.

"Ja. Nur durch Zufall hat mein Hausarzt das Ganze rechtzeitig entdeckt, so dass ich wahrscheinlich keine bleibenden Schäden davongetragen habe."

Plötzlich finde ich Köhler gar nicht mehr so unsympathisch. Ein Problem war immer, dass er mir in Gesellschaft zu selbstsicher und motiviert rüberkam. Aber vielleicht ist das nur seine Art von carpe diem.

Ich schaue auf die Uhr.

"Drei Minuten bis zur Diversity", fasst Köhler meine Gedanken zusammen.

Sophie, die Anwältin, die das Thema losgetreten hat, und Artesia Müller, die Leiterin Marketing, warten schon auf uns. Sophie sieht attraktiv und gepflegt aus wie immer. Mostkopf wirkt wie Mostkopf – als hätte man ein hässliches Pferd in ein Business-Outfit gezwängt und ihm eine Brille auf die lange Nase gedrückt.

Köhler eröffnet das Meeting. Als HR-Chef steht ihm die Themenführung zu. Artesia Müller unterbricht ihn praktisch sofort. "Das ist alles schön und gut, Nero, aber Diversity darf in dieser Firma nicht nur ein Lippenbekenntnis bleiben. Mit ein, zwei hübschen Worten ist es nicht getan."

Er fixiert sie finster. "Daran zu arbeiten ist das Thema dieser Sitzung."

Sie hört wieder einmal nicht zu. "Man muss das Ganze natürlich im grossen Zusammenhang sehen. Je diversifizierter unser Unternehmen ist, desto besser sind wir der Konkurrenz gewachsen. Lucius ist sehr interessiert daran."

Köhler und ich starren sie an. Es ist ein offenes Geheimnis in der Firma, dass Duca als Spartenleiter Inland keine Mütter und schon gar keine Frauen im Teilzeitpensum beschäftigt. Schwangere mobbt er jeweils konsequent durch negative Förderung raus. Die einzige Diversity, die er kennt, sind Männer mit zweihundert Prozent Arbeitseinsatz.

"Sophie, du hast verschiedene Vorschläge ausgearbeitet. Magst du sie vorstellen?", wendet sich Köhler an die Anwältin.

Sie hat sich ihre Sache gut überlegt. Es sind einfachere Dinge, die sie vorschlägt. Dass die Firma einen Zuschuss an die Kinderkrippen bezahlen soll, dass 80-Prozent-Pensen bei 100-Prozent-Jobs grundsätzlich möglich sein sollen. Dass ältere, erfahrene Arbeitskräfte genau die gleichen Chancen bei einer Bewerbung haben sollen wie junge. Und so weiter.

"Das sind alles Einzelmassnahmen. Ich vermisse den ganzheitlichen Ansatz", stört Mostkopf erneut. "So etwas kann ich Lucius nicht vorlegen."

Köhler platzt der Kragen. "Das musst du auch nicht. Er hat bei der Sache nämlich überhaupt nichts zu entscheiden."

"Das kann nicht sein. Er ist ein GL-Mitglied."

Köhlers Gesichtsausdruck wird immer härter. "Das Thema Diversity wird vom CEO und vom Spartenleiter Support und Logistik behandelt. Übrigens ist, falls es dir noch nicht aufgefallen ist, Tanner als Spartenleiter Support und Logistik auch dein Chef, nicht Duca."

"Lucius ist ein Key Stakeholder bei diesem Prozess. Ihr könnt nicht einfach in seinen Bereich eingreifen und ihm etwas vorsetzen, mit dem er leben muss."

Köhler erhebt sich. "Artesia. Ich habe dich auf deinen Wunsch und aus reiner Höflichkeit zu dieser Sitzung eingeladen. Wie ich nun erkennen muss, hast du nichts beizutragen. Deine Teilnahme ist hiermit beendet. Dort ist die Tür."

Sie steht auf. "Ich werde Lucius von deiner unkooperativen Haltung berichten. Wir werden sehen, wer dann wem die Tür weist."

Damit entschwindet sie. Wir alle atmen auf. Köhlers Hände zittern.

"Kann die eigentlich überhaupt nichts Vernünftiges von sich geben?", fragt er.

Angesichts der Show gerade eben hat er Trost von mir verdient. "Mein Team hat einen Slogan aufgehängt, der aus der Interaktion mit Mostkopf entstanden ist: 'No strategy, no pain.'"

Sophie lacht laut heraus. "Weisst du, was bei uns hängt? 'Nie auf eine diffuse Frage eine klare Antwort geben.'"

Jetzt grinst auch Köhler. "Lasst uns überlegen, ob die Ideen zur Diversity vollständig sind, sie dann priorisieren und einen Aktionsplan für die GL zusammenstellen."

Freitag, 20. Mai

Heute wäre eigentlich wieder ein Teambildungsevent angesagt. Leuli hat die Anlässe aber für den Moment ausgesetzt, bis die Neuorganisation abgeschlossen und das Anmeldeverfahren eingerichtet worden ist.

Als erstes treffe ich mich mit den Polizeibeamten, die unsere Anzeige gegen Unbekannt wegen des Virenangriffs bearbeiten. Wie sich herausstellt, wurde Ducas Heimcomputer auf recht raffinierte Weise gehackt, um das Virus einzuspeisen. Alles sieht nach einem professionellen Angriff aus.

Nach der Sitzung kann ich gut durcharbeiten. Am späteren Nachmittag ist meine Einführungspräsentation fertig und ich sende sie Köhler zur Review. Seine Mail kommt sehr prompt zurück.

Von: Nero Köhler (16.43 Uhr)
An: Nicolas Wydmer

RE: Entwurf Einführungspräsentation

Danke, Nik. Schaue sie über das Wochenende an.

Grüsse, Nero

Kurz nach fünf verschwinde ich ins Yoga. Danach treffe ich Pavel in einem Restaurant im Niederdorf zu einem leichten Abendessen. Aufgrund der Teambildungsevents, die uns ein beträchtliches Stück unserer Freizeit stehlen, waren wir schon lange nicht mehr gemeinsam unterwegs.

Ich bestelle mir Pilze im Reisring. Nach kurzer Überlegung schliesst Pavel sich an. Zum Trinken bevorzugt er Bier, ich Mineralwasser.

"Wie war's im Fitnessstudio?", frage ich ihn.

"Gut. Mir gefällt, wo ich jetzt bin. Es ist sauber und es gibt kaum Wartezeiten an den Geräten."

Irgendwie wundere ich mich immer noch darüber, wie aus dem unordentlichen, nach Zigaretten müffelnden Informatik-Zottelbär ein ordentlicher, beinahe schon gepflegter Mittvierziger geworden ist.

Unser Essen kommt. Wir sind beide hungrig, und eine Zeitlang hört man nur das Klappern von Besteck an unserem Tisch. Ich denke zurück an früher, an die unzähligen Essen in der Mensa. Damals waren wir arme Studenten und dankbar, wenn man es an der Essensausgabe gut mit uns meinte und unsere Teller randvoll füllte.

Pavels Gedanken scheinen in eine ähnliche Richtung zu gehen. "Unglaublich. Wir kennen uns jetzt schon fünfzehn Jahre."

"Was hat bei dir die Erinnerung geweckt?"

"Die Pilze an weisser Sauce. Erinnerst du dich an den Ravioli-Gratin?"

Allerdings. Das war in unserem ersten Winter in der WG, als wir noch keine geeigneten Mitbewohner gefunden hatten und zu zweit die ganze Miete und die Gebühren für Strom, Wasser und Telefon aufbringen mussten. Für die Heizung reichte es nicht mehr und kaum noch für das Essen.

Eines Tages gaben uns die Mensa-Frauen, weil wir am Mittag fast die letzten waren, einen ganzen Wärmebehälter Ravioli-Gratin mit Pilzen.

Wir assen alles auf, alle acht oder zehn Portionen.

"Seither weiss ich, wie sich der Himmel anfühlen muss."

Pavel lächelt. Wird dann wieder ernst. "Hör mal, Nik. Ich mache mir Sorgen um dich."

Ich versuche, das Thema totzuschweigen.

Pavel lässt sich nicht beirren. "Ich weiss, du hast gesundheitliche Probleme. Dann die ganze Sache mit dem Kloster, und jetzt läufst du auch noch Marathon. Ich überlege mir die ganze Zeit, wie ich dir helfen könnte, aber ich sehe nicht wie. Und als dein bester Freund macht mich diese Hilflosigkeit wütend, und dann beginne ich, an dir herumzunörgeln, und das macht mich nochmals wütender. Kannst du mir sagen, was ich tun soll?"

"Nein, ich weiss es leider selbst nicht."

Pavel seufzt. "Könntest du dir dann wenigstens vorstellen, zum Sportarzt zu gehen? Für eine Abklärung, ob du wirklich diese Distanzen laufen darfst?"

Gern gehe ich nicht, aber ich nicke. "Ja, das kann ich tun."

Wir bestellen uns eine Kanne Pfefferminztee.

"Wie ernst ist es dir eigentlich mit dem Kloster?", fragt Pavel, als zwei dampfende Tassen vor uns stehen.

"Diese Frage habe ich mir noch nie gestellt. Der Abt hat mir klipp und klar gesagt, dass er eine Anfrage von mir nicht einmal prüfen würde."

"Sie wollen dich nicht?", fragt Pavel empört.

"Sollten sie mich denn wollen?"

"Ja! – Ich meine: Nein!"

Wir müssen beide lachen.

"Du meist, ich soll die Wahl haben, aber ablehnen?"

"Genau."

Danach entspannt sich die Stimmung.

Woche 20

Montag, 23. Mai, 7.42 Uhr

Meine Woche beginnt mit einem Aufsteller. In meiner Inbox finde ich eine Mail von Nero Köhler zu meiner Einführungspräsentation.

Von: Nero Köhler (07.33 Uhr)
An: Nicolas Wydmer

Re: Entwurf Einführungspräsentation

Hallo Nik

Super Arbeit. Ich habe noch einige wenige Anmerkungen angefügt. Kannst du mir heute noch mitteilen, ob OK?

Anbei mein Kommunikationsvorschlag, mit dem wir die veränderte Organisation der Einführungstage ankündigen. Bitte aus deiner Sicht kontrollieren und verbessern.

Danke und Gruss
Nero

Jede seiner Anmerkungen zu meiner Präsentation ist korrekt und präzise, was ich ihm gerne bestätige. Danach lese ich seinen Kommunikationsvorschlag. Würden alle Entwürfe so daherkommen, wäre ich arbeitslos. Ich muss nur ein klein wenig Kosmetik betreiben.

Kurz nachdem ich ihm meine Antwort gesandt habe, geht die Kommunikation an die Firma raus.

Nochmals einige Minuten später läutet mein Telefon. Es ist Leuli. "Sagen Sie mal, Wydmer. Hatten wir nicht abgemacht, dass Sie und Köhler mir das Ganze zur Review zusenden?"

Abgemacht hatten wir gar nichts. Er wollte es so.

"Einen kleinen Moment." Ich tue, als ob ich in meinen Unterlagen blättern würde. "Ich habe mir aufgeschrieben, dass wir Ihnen einen Diversity-Vorschlag unterbreiten sollen. Ist das nicht korrekt?"

"Den wollte ich auch, aber ich bin mir ziemlich sicher, dass ich auch Ihre Unterlagen zum Einführungstag sehen wollte."

"Bitte entschuldigen Sie. In dem Fall hatten wir ein Missverständnis. Soll ich Köhler bitten, Ihnen die Unterlagen zu senden? Als Owner hat er die finale Version bei sich."

Leuli zögert. "Nein, ist schon gut. Bis wann, denken Sie, stehen die Diversity-Vorschläge?"

"Wir hatten letzten Donnerstag Sitzung und waren uns eigentlich einig. Ich könnte mir vorstellen, dass Köhler die Unterlagen für Sie diese Woche aufbereitet."

"In Ordnung. Sagen Sie ihm, ich warte darauf."

Als ich abgehängt habe, nehme ich einen tiefen Atemzug und atme ganz langsam aus. Nein, ich lüge nicht gern. Mit einem Chef, der auf Mikromanagement steht, macht es das Leben aber ungemein einfacher.

Dienstag, 24. Mai, 8.13 Uhr

Gestern Nacht hat Pavel den Scherz lanciert, den er vor Ostern angekündigt hat. Eine E-Mail von ihm, die ausgedruckt auf meinem Schreibtisch liegt, gibt den Startschuss dazu:

Von: Pavel Mikhailovich (06.25 Uhr)
An: Alle Mitarbeitenden Standort Zürich
Cc: Rudolf Reinherr

Re: Durchsetzung der Clear Desk Policy

Sehr geehrte Damen und Herren
Liebe Kolleginnen und Kollegen

Im Rahmen Ihrer Tätigkeit bei BuBi AG haben Sie alle die "Sorgfaltsregeln im Umgang mit kundenbezogenen Daten und Dokumenten" unterzeichnet. Zentrale Aspekte davon sind die Einhaltung der Clear Desk Policy (Absatz 31.2a) sowie die Regeln zum Einsatz von sicheren Passwörtern (Absatz 75.7c).

Auf beide Verhaltensregeln habe ich Sie in der Vergangenheit mehrfach hingewiesen. Leider mit begrenztem Erfolg.

Aus diesem Grund habe ich in der vergangenen Nacht alle Post-its mit Passwörtern eingesammelt. Beliebte Klebeorte waren am Bildschirm, unter Schreibmatten, auf der Innenseite von unverschlossenen Schränken, in den Haltern für die Bedienungsanleitungen unter der Sitzfläche unserer Bürostühle sowie unter dem Stifthalter.

Im gleichen Zug wurden auch alle an Arbeitsplätzen herumliegenden Unterlagen entfernt, die die Clear Desk Policy verletzten, sowie alle Schlüssel zu unverschlossenen Schränken eingezogen.

Nächste Schritte

Um Ihre Arbeitsfähigkeit zurückzuerhalten, bitte ich Sie, die folgenden Handlungen vornehmen:

- Neue Windows- und Applikationspasswörter sind persönlich gegen Unterschrift bei mir im Büro zu beantragen. Wenn Sie nicht wissen, wo mein Büro liegt, fragen Sie Ihre arbeitsfähigen Kolleginnen und Kollegen, die Zugriff auf unsere internen Location Services haben.

- Die eingezogenen Schlüssel zu Ihren Schränken befinden sich alle in der grossen Kartonschachtel beim Eingang zur Cafeteria. Neben dem Schloss an Ihrem Schrank steht eine zehnstellige Nummer. Notieren Sie diese und vergleichen Sie sie mit der auf jedem Schlüssel eingeprägten Nummer.

- Ihre Unterlagen befinden sich an zwei Orten: Nicht vertrauliches Material, das aufgrund der Brandschutzrichtlinien am Abend ebenfalls weggeschlossen werden muss, finden Sie in unserer Garage. Auf den Parkplätzen 13 und 37 steht je eine gut gefüllte Mulde. Vertrauliche Unterlagen sind bei Rudolf Reinherr, Leiter Legal, persönlich und gegen Unterschrift zu beziehen.

Ich wünsche Ihnen einen abwechslungsreichen Tag.

Mit freundlichen Grüssen

Pavel Mikhailovich
Leiter IT

Ich rufe Rudi an. Obwohl bei unserem Leiter Legal jeder Arbeitstag so spät als möglich beginnt, ist er schon da.

"Bitte sag mir, dass das abgesprochen war", sage ich zu ihm.

"Natürlich war es abgesprochen!", schnaubt er. "Zwischen Pavel und mir."

Ja, diese Antwort habe ich in etwa erwartet. Ich frage mich, ob ich mich unter dem Vorwand eines Krankheitsanfalls nach Hause schleichen soll.

Es bleibt erstaunlich lange ruhig. Gegen zehn Uhr kann ich der Versuchung nicht mehr widerstehen und fahre runter in die Garage, wo ich sonst nie bin. (Ich habe nicht einmal ein Auto, geschweige denn Anrecht auf einen Parkplatz.)

Rund um die beiden Container, die sinnigerweise auf den voneinander am entferntesten liegenden Parkplätzen platziert wurden, stehen Trauben an Mitarbeitenden und wühlen sich durch die Unterlagen. Obwohl sich die geordneten Unterlagen auf dem Asphalt bereits stapeln, reicht der Berg in beiden Containern noch immer bis fast zur Garagendecke.

In der Cafeteria wiederum hat sich die moderne Variante von Eimerketten gebildet. Arbeitsstufe eins nimmt die Grobsortierung vor, jede weitere Stufe verfeinert diese. Am Ende der vierstufigen Kette befinden sich kleine Kartonboxen, die die Nummern in 100er-Bereiche einteilen. So muss jeder Suchende nur noch maximal einhundert Schlüssel nach seiner Nummer absuchen.

Vor Pavels Büro wartet eine Schlange an Mitarbeitenden. Fast zuvorderst stehen Tommy Bum Bum und Froggy, die Leiter strategische Entwicklung England und Frankreich.

Ich kann nicht anders: Ich gebe dem Dämon in mir nach und schlendere in Pavels Büro.

"Hey, Nitwit, stell dich hinten an!", blafft Tommy.

"Genau. Hier wird nicht gedrängelt!", schlägt Froggy in die gleiche Kerbe.

Ich bleibe stehen und mustere die beiden. "Ich weiss nicht, was ihr meint. Ich bin nur hier für einen Freundschaftsbesuch. Mal ehrlich: Wie dumm muss man sein, um das mit der Clear Desk Policy und den Passwörtern noch nicht verstanden zu haben?"

Ich gehe weiter und finde mich vor unserem CEO wieder, der gerade an Pavels Schreibtisch ein Papier unterschreibt. Mich trifft ein ganz finsterer Blick.

"Wir sprechen uns noch, Herr Mikhailovich! Und Ihnen, Wydmer, rate ich, ein etwas tieferes Profil zu halten."

Leuli schnappt sich den Zettel mit dem Passwort, den Pavel ihm hinhält, knurrt mich an und marschiert im Stechschritt davon.

"Du hättest mir einen Tee mitbringen können!", motzt nun auch noch Pavel. "Wie stellst du dir vor, dass ich von hier wegkomme?"

Ich verdrehe die Augen. "Schon gut. Ich hole dir deinen Tee."

Als ich mit einer ganzen Kanne zurückkomme, ist die Schlange vor Pavels Büro noch länger geworden. Ich erkenne einige Leute wieder, die ich vorhin in der Garage oder in der Cafeteria gesehen habe.

"Und was ist das jetzt!", motzt Pavel weiter, als er die Kanne sieht. "Soll ich die ganze Zeit auf die Toilette rennen?"

Diesmal trolle ich mich ohne faule Sprüche. Wie ich wieder einmal lernen durfte, kommt Hochmut tatsächlich vor dem Fall.

16.03 Uhr

Im firmeninternen Instant-Messaging-System poppt eine Nachricht auf. (MiP ist Pavels Kurzzeichen.)

mip@wyn (16.03 Uhr) Bist du mir noch böse?

mip@wyn (16.04 Uhr) Tut mir leid, dass ich dich angesaut habe. War etwas im Stress wegen Leuli.

mip@wyn (16.05 Uhr) Unser CEO fand die von Rudi und mir geplante Erziehungsmassname nicht besonders lustig ...

mip@wyn (16.05 Uhr) Musste vorhin mit Rudi bei ihm auf- tauchen. Bin sicher, meine Ohren hören irgendwann wieder auf zu klingeln. Hat der uns die Leviten gelesen!

mip@wyn (16.07 Uhr) Nik, bist du da? Dein Zeichen steht auf Grün.

Ich fahre meine Maschine runter und schliesse meine Schränke ab. Pavel ist seit Jahren der wichtigste Mensch in meinem Leben, aber er kann einem so was von auf die Nerven gehen.

Heute Nacht kann er wirklich mal in seinem eigenen Saft schmoren.

Allerdings habe ich während des Yogas und den ganzen restlichen Abend lang ein schlechtes Gewissen.

Mittwoch, 25. Mai, 7.29 Uhr

Als ich heute ins Büro komme, balanciere ich zwei Becher Chai, um mich bei Pavel zu entschuldigen. Dumm nur hatte er die gleiche Idee.

Wie immer, wenn er jegliches Ausweichmanöver von mir im Keim ersticken will, sitzt er an meinem Schreitisch und macht über meinen Computer irgendwelche Maintenance an der Serverinfrastruktur. Neben ihm stehen zwei Becher Macha Latte.

Wir müssen beide lachen.

"Womit beginnen wir unsere Überdosis Zucker?", fragt Pavel.

Als Versöhnungsgeste starte ich mit dem Macha Latte, den er für mich gekauft hat. Er tut es mir gleich mit dem Chai. Wir setzen uns an den Besprechungstisch.

"War meine Idee eigentlich gut oder nicht?", fragt Pavel. Er scheint etwas weniger von sich überzeugt zu sein als sonst.

"Sie war mit Sicherheit lehrreich. Wissen kannst du es erst, wenn du die Nachkontrolle machst."

Pavel nickt. "Weisst du, weshalb Leuli mich am meisten zusammengesch… hat?"

"Lass mich mal raten. Dass du ihn nicht vorgewarnt hast, wann die Doomsnight stattfindet?"

"Damit er am Abend davor alle Post-its wegnehmen, alle Unterlagen wegräumen und alle Schränke abschliessen konnte. Genau. 'Es geht nicht an, Herr Mikhailovich, dass der CEO der Firma nicht mit gutem Beispiel vorangeht!'" Pavel ist gut im Imitieren.

Ich versichere mich mit einem Blick zur Tür, dass wir wirklich allein sind.

"Aber du hast deinen Job noch?"

"Ja. Zum Glück nicht einmal eine Verwarnung. Aber es ist deprimierend. Manchmal habe ich das Gefühl, dass wir beide unsere Jobs wirklich nur für die Katz machen."

Das Gefühl kenne ich gut.

Freitag, 27. Mai

Ursprünglich hatte ich mir diesen Blog so vorgestellt, dass ich jeden Tag etwas Kurzes poste. Als Beispiel aus aktuellem Anlass:

Bullshit-Bingo-Begriff des Tages: "at the top of one's game". (Man hat's zur Zeit drauf und schöpft sein volles Potenzial aus.) Vorkommnis: Fünf Nennungen in drei verschiedenen Sitzungen. Bewertung: Ich kann's nicht mehr hören.

Beim Zurücklesen stelle ich fest, dass ich eher die grösseren Entwicklungen darstelle und manchmal auch ins Philosophieren gerate. Wie mir Eure Kommentare zeigen, scheint das aber OK zu sein. Vielen Dank in diesem Zusammenhang für das Teilen Eurer Erlebnisse. Habt Ihr das wirklich alles erlebt? Beängstigend. Und ich hoffte immer, nur die BuBi AG ist so gaga.

Und nein, ich war noch nicht beim Arzt. Ich habe einen Termin nächste Woche. Danke der Nachfrage.

Um mit dem Philosophieren fortzufahren: Im Moment herrscht bei uns immer noch der Lancierungswahnsinn.

116

Der Fairness halber muss ich sagen, dass eine Fondslancierung ein recht komplexer und komplizierter Vorgang ist. Im Gegensatz zu Derivaten, bei denen zwischen der Idee und dem Über-den-Tisch-Ziehen der Kunden praktisch keine Zeit vergeht, dauert eine Fondslancierung immer mehrere Monate.

Die Prüfung und Bewilligung durch die Regulierungsbehörden (in der Schweiz ist das die FINMA), das Erstellen und die rechtliche Prüfung aller Unterlagen sowie das Verteilen der Unterlagen an die Vertriebspartner – all diese Schritte brauchen Zeit.

Dies bedeutet auch, dass jede Fondslancierung den Emittenten ziemlich viel kostet, insbesondere an internen Ressourcen, manchmal auch an finanziellen Mitteln, je nachdem ob der Fondsanbieter eine eigene Legal Abteilung hat oder nicht.

Aus diesem Grund wäre es eigentlich sinnvoll, ziemlich viel Grips in eine Lancierung zu stecken. Die Bedürfnisse der geplanten Zielgruppe könnten hierzu wertvolle Indikatoren sein. Ebenfalls eine Lücke im eigenen Produktangebot, die es zu schliessen gilt.

Nicht so bei der BuBi AG.

Unsere Produktstrategen halten einen Finger in die Luft, wie um die Windrichtung zu messen. Dieses Verhalten generiert einen Orakelspruch:

"Ein Hedge Funds mit Fokus auf [blablabla] wäre interessant."

"Ich denke, die Zeit ist reif für einen weiteren Obligationenfonds."

"Fonds XY funktioniert nicht richtig. Lass uns doch eine leicht anders aufgesetzte Alternative generieren und die beiden Fonds dann fusionieren."

Und diese Ideen werden dann umgesetzt.

Dass es nicht so sein muss, erlebte ich bei meiner allerersten Stelle nach dem Studium. Damals arbeitete ich bei einer Privatbank zuerst als Product Manager, dann als Senior Product Manager. Mein Chef hatte die gesamte Produkthierarchie der Firma in einem Dutzend verschiedener Ansichten grafisch dargestellt und tapezierte die Wände seines Büros mit den jeweils neusten Versionen.

Eine der vielen Darstellungen zeigte zum Beispiel, wo sich jeder Fonds des Unternehmens in Bezug auf seine Anlageklasse (Aktien, Obligationen, Geldmarkt) und sein Anlagerisiko befand. Optisch sah das so aus, als hätte jemand Blut auf ein Kreuz aus einer X- und Y-Achse geniest.

Mein Chef stand stundenlang vor diesen Grafiken. Irgendwann rief er uns jeweils zu sich und sagte etwas im Sinne von: "Diese Lücke in unserem Produktangebot beschäftigt mich schon lange. Wenn wir den Fonds so und so aufsetzen, diese und jene Faktoren berücksichtigen und die folgende Strategie anwenden, müssten wir ein Produkt haben, nach dem sich unsere Institutionellen Anleger die Finger lecken. Was denkt ihr?"

Darauf folgten intensive Diskussionen und eine minutiös geplante Lancierung, bei der uns die Kunden jeweils die Tür einrannten.

Oh ja, das waren noch Zeiten! Und nach einer Woche hirnloser Lancierungssitzungen bei der BuBi AG wünsche ich mir, sie wären nie zu Ende gegangen.

Woche 21

Montag, 30. Mai

Ich kann es kaum glauben, dass erst Ende Mai ist. Dieses Jahr hatten wir schon so viele sonnige und heisse Tage, dass es genauso gut Ende Sommer sein könnte. Nun schleicht sich langsam Regen in die Schönwetterphase, was mir als Abwechslung ganz recht ist.

Meine Woche beginnt mit dem bereits erwähnten Arztbesuch. Ich muss nüchtern erscheinen, dann macht man verschiedene Belastungstests mit mir, unter anderem auf dem Laufband.

Fazit: Pavel muss sich keine allzu grossen Sorgen machen. Mir geht es gut. Allerdings ist meine Nährstoffversorgung nicht optimal, mein Blutdruck zu tief und ich dürfte ein paar Kilo schwerer sein. Die Ärztin formuliert es nonchalant: "Ein klein wenig Reserven für schlechte Zeiten schaden nicht. Gönnen Sie sich ab und zu etwas." Und ich solle den Stress reduzieren, sonst sähen wir uns in einigen Jahren auf der Intensivstation wieder.

Pavel fällt mir fast um den Hals, als ich ihm das Resultat mitteile. "Danke, Nik."

Manche WG-Mitbewohner entscheiden halt irgendwann, dass man ihr kleiner Bruder ist und behandeln einen dann ewig so.

Dienstag, 31. Mai, 14.00 Uhr

Die Fondslancierung ist inzwischen so weit gediehen, dass wir uns an die Detailausarbeitung der Visuals und Sales Story machen. Was mich dazu zwingt, wieder einmal mit Artesia "Mostkopf" Müller zusammenzuarbeiten. Wie sehr ich mich doch freue.

Wir sind zu fünft: ein Product Manager, zwei Product Marketer, Mostkopf und ich.

Fünf Minuten nach Beginn der Sitzung befürchte ich, dass alle meine Hirnzellen demnächst Selbstmord begehen. Sie sind sowieso schon geschädigt von der heutigen GL-Sitzung, die erst vor einer Viertelstunde zu Ende ging. Dass ich Hunger habe, trägt auch nicht gerade zu meiner Konzentration bei.

Wir beginnen mit dem Bildmaterial. Mostkopf will unbedingt einen Hasen als Key Visual – das ist jenes Bild, das die stärkste Assoziation mit dem Produkt hervorrufen soll.

Der Product Manager, der – dem Himmel sei Dank – im Asset Management arbeitet und somit Romano Scarpetta unterstellt ist, schnaubt. "Keine Viecher als Imageträger! Ich denke, das haben wir zur Genüge gelernt."

Er spricht damit einen Vorfall vor einigen Jahren an, den ich nur halb mitbekommen habe. Irgendeine verunglückte Marketingkampagne mit einem echten Schwein, die mit einer Anzeige durch den Tierschutz und einem Gerichtsverfahren endete.

"Es muss ein Mensch sein?", fragt Mostkopf enttäuscht.

"Ja", erwidert er trocken. "Aber wir können ja ein Playboy-Häschen im Kostüm nehmen."

120

Mostkopfs Augen leuchten auf, während ich dem Product Manager den Kopf abreissen möchte.

"Das ist eine ..."

"... beschissene Idee!", ersticke ich die beginnende Diskussion im Keim und wende mich direkt an den Product Manager. "Hör auf herumzuwitzeln und mach bitte ernsthafte Vorschläge. Wenn wir auf dem Niveau weiterarbeiten, sind wir bald bei einem Bild vom Autostrich und der Value Proposition: 'Der Rubel rollt.'"

Mostkopfs Augen leuchten noch heller auf und ich könnte mich selbst ohrfeigen.

"Ich möchte das Feld gerne etwas genauer abstecken", kommt mir einer der Product Marketer zu Hilfe. "Inwiefern sind wir an unsere bestehende Bildwelt gebunden?"

Die Frage ist an mich gerichtet. Als Kommunikationschef bin ich auch der Corporate-Identity-Verantwortliche der Firma und entscheide, mit welchen Bildwelten wir arbeiten, um unser Unternehmen darzustellen und zu promoten.

Nur gibt es hier nicht allzu viel zu entscheiden. Aus Kostengründen dürfen wir keine eigenen Fotoshootings machen, so dass wir auf Bilddatenbanken angewiesen sind. In diesen findet man kaum Bildfamilien, die sich für eine Kampagne eignen. Deshalb arbeiten wir normalerweise mit Einzelbildern.

Die mutigste Entscheidung, die mir somit zusteht, ist, bei Bedarf und Eignung abstrakte Bilder zu verwenden. Und da Banking sich als menschenbezogenes Geschäft (Wir machen das alles ganz selbstlos für unsere Kunden, also Sie!) zu positionieren versucht, muss ich mir diesen Schritt auch sehr gut überlegen.

"Denkst du über etwas Bestimmtes nach?", gebe ich dem Product Marketer den Ball zurück.

Er wiegt den Kopf hin und her. "Nun, wenn unsere Portfolio Manager es hinbekommen, hebt sich das Produkt bezüglich Qualität deutlich von der Konkurrenz ab. Mich würde reizen, eine Verbindung zum Spitzensport zu machen. Ein Läufer oder ein Hürdenläufer ... Allerdings gibt es leider auch schon Derivate namens Sprinter."

"Der Hürdenläufer gefällt mir", sagt der Product Manager.

Mostkopf findet die Idee blöd. Wir überstimmen sie. Sie sieht aus, als würde sie demnächst losweinen.

Freitag, 3. Juni

Es ist der Tag nach Auffahrt. Ein Teambildungsevent steht an und weil viele die Brücke machen, haben sich (mich nicht eingerechnet) nur zehn Direktionsmitglieder angemeldet. Eine davon ist Artesia Müller.

Wir machen etwas Einfaches und fahren mit einem Kleinbus zu einem Kletterpark, wo wir uns beim Klettern gegenseitig absichern. Ich bilde ein Team mit Nero Köhler, was ich mir vor kurzem noch nicht im Traum hätte vorstellen können.

Wir haben einiges an Spass, werden sogar ein wenig übermütig. Da Nero und ich jedoch in diesem Sport weit besser qualifiziert sind als der Instruktor selbst, lässt er uns gewähren.

Die anderen Kollegen schlagen sich wacker bis redlich. Am schlechtesten schneidet Mostkopf ab. Sie tut sich sehr schwer mit dem Klettern, wir uns mit dem Zusehen. Es ist kein schöner Anblick, eine Giraffe in einer falschen Felswand hängen zu sehen.

Sie hat dummerweise mit einer der schweren Routen angefangen und auf halber Höhe lähmende Höhenangst bekommen. Alles Zureden ihrer Partnerin, einer Direktorin aus dem Controlling, nützt nichts. Nun versperrt sie einem Kollegenteam den Aufstieg.

"Mädchen, schwing endlich deinen knochigen Hintern runter. Wenn du schon nicht raufkommst, dann gibt wenigstens den Weg frei."

Rudolf Reinherr meint es wahrscheinlich nicht böse. Als Auswirkung einer frühen Midlife-Crisis neigt unser Leiter Legal jedoch dazu, das Sportliche zu sehr zu betonen und hat keinerlei Mitleid mit jemandem, der von der Natur nicht die optimale körperliche Ausstattung mitbekommen hat.

Während der Instruktor es noch mit gutem Zureden versucht, geht Rudi zur Controlling-Frau, die Artesia Müller sichert. Einmal richtig ziehen am Seil, Mostkopf verliert den Halt und schwingt mit einem lauten Schrei frei. Sie kreischt wie am Spiess, während die Controlling-Frau sie hastig abseilt. Auch als ihre Füsse schon längst den Boden berühren, hört sie nicht auf.

Am Ende wird sie von einem Krankenwagen abgeholt.

Woche 22

Montag, 6. Juni

Heute geht das Web-to-print-Programm live, das Artesia Müller unmittelbar nach Stellenantritt (und ohne auch nur einen Prozess in unserer Firma zu kennen) evaluiert hat. Im Zentrum des Projekts stand die Erarbeitung von Standardvorlagen für Publikationen. Während es lief, kamen sich die Leute immer wieder zu mir beklagen.

Das Problem: Bei uns in der Firma mag sich niemand festlegen. Ein Standard ist ja normalerweise etwas, das irgendeiner Sache einen festen Rahmen gibt. Bei Publikationen gilt zum Beispiel, dass die erste Seite immer eine rechte Seite und die letzte Seite immer eine linke Seite ist. (Das ist insbesondere relevant, wenn man neben dem Mittelfalz einen breiteren Textabstand haben will als aussen und wenn die Seitenzahlen beim äusseren Rand der Seite stehen sollen.)

Darüber hinaus ist man ziemlich frei im Bestimmen des Standards. Meistens legt man fest, ob und wie viele Spalten es gibt, wo auf einer Seite sich die Bilder befinden dürfen, wie gross sie sein müssen, welche Schriftart und -grösse der Lauftext, die Bildunterschrift etc. haben.

Immer, wenn sich am Horizont auch nur die Ahnung eines Standards abzeichnete, sagte Mostkopf offenbar: "Aber das geht so nicht. Wir müssen zusätzlich die Möglichkeiten X, Y, Z haben."

Der zuständige Projektleiter wurde zweimal ausgetauscht und gemäss Insidern geht eine Katastrophe live, die nur etwa eine halbe Million an Lizenzkosten und unzählige Stunden interner Arbeit gekostet hat.

Mein Informant ist Tinta, mein Senior Webmaster, deren internes Beziehungsnetz die CIA alt aussehen lässt. Sie berichtet mir auch davon, dass ein neues CRM-Tool evaluiert wird, ohne die mögliche Integration des Tools mit unserer Online-Infrastruktur zu berücksichtigen und die Vor- und Nachteile abzuwägen.

Bei einem Customer Relationship Management (CRM) Tool handelt es sich um eine Software, die meist einen Kalender, ein Mailing-System und ein Log/Archiv beinhaltet. Darin wird eingetragen, wann mit dem Kunden in welcher Form Kontakt aufgenommen werden soll respektive wurde (telefonisch, per Brief, per Mail), was der Grund/Inhalt des Kontakts war und was der Kunde antwortete.

Da auch wir über die Online-Kanäle unsere Intermediäre mit Informationen versorgen, teilweise über E-Mail-Abonnemente, wäre eine Verbindung der beiden Systeme nicht die dümmste Idee.

"SEP?", fragt mich Tinta. Sie meint damit "somebody else's problem".

"Ja, oder willst du dich mit Duca anlegen?"

Sie verzieht das Gesicht. "Nein."

Kurz nach zehn Uhr versendet Thomas Tanner, der Spartenleiter Support und Logistik, eine Mail, dass der Mostkopf auf unbestimmte Zeit krankgeschrieben ist, offenbar aufgrund eines Nervenzusammenbruchs.

Ich mache gerade Kaffeepause bei Pavel im Office.

Er schüttelt nur den Kopf. "Ich kann sie ja wirklich nicht ausstehen und als Leiterin Marketing ist sie eine einzige Katastrophe. Doch es tut mir leid, dass es ihr so schlecht geht. Letztendlich ist sie genauso ein Opfer wie wir alle."

"Ja, von Il Duces Machtspielen."

Pavel schaut mich an. "Deine Ernennung ist genauso ein Machtspiel und wenn du nicht aufpasst, zerreissen sie dich in Fetzen."

Ich erwidere Pavels Blick. "Ich weiss. Ich werde mir alle Mühe geben, damit meine Maske nicht bricht."

"Das ist vorbildlich, aber du weisst so gut wie ich, dass ein Sekundenbruchteil genügt und es ist passiert – ein einziger Moment, in dem deine Verteidigung unten ist."

Pavel hält einem Gläubigen die Predigt. Ich bin wahrscheinlich der letzte Mensch auf Erden, dem er das erklären muss.

Dienstag, 7. Juni, 9 Uhr

Leuli ist zum ersten Mal seit meinem Amtsantritt nicht an der GL-Sitzung, weil er mit Frau und Tochter eine Woche Ferien auf den Malediven macht. O-Ton: "Die muss man besuchen, solange es sie noch gibt." Dass das beim Flug ausgestossene CO2 den Klimawandel beschleunigt und die Malediven so noch schneller versinken ist ihm schnurz.

Lucius Duca, der Spartenleiter Inland, hat den Vorsitz über die Sitzung. Ich ahne Schlimmes. Und ja: Die Ahnung bestätigt sich.

"Wir kommen zum Protokoll von letzter Woche. Also wirklich, Wydmer. Dass Sie nichts von unserem Business verstehen, erstaunt mich nicht. Aber Sie könnten sich wenigstens auf Ihr Fachgebiet besinnen. Hier meine Korrekturen."

Er gibt mir ein Blatt, auf dem in jedem Satz etwas rot angestrichen ist. Und während der gesamten Sitzung gibt er mir Instruktionen, was ich aufzuschreiben habe und was nicht.

Die GL-Sitzung selbst ist der reinste Horror. Die Herren diskutieren am Thema vorbei, geraten sich gegenseitig in die Haare und entscheiden am Ende nichts. Jeder einzelne Antrag wird zurückgewiesen, insbesondere diejenigen, die den Bereich von Leuli betreffen.

Bei der hundertsten Anweisung, die mir Duca gibt, platzt Romano Scarpetta der Kragen. "Wenn du nicht sofort die Klappe hältst, Lucius, drehe ich dir höchstpersönlich den Hals um", faucht er.

Danach eskaliert der Streit. Ich kann mich zurücklehnen und auf meinem Smartphone ein Game spielen. Kurz nach zwölf Uhr bricht Duca die Sitzung dann in einem Wutanfall ab.

Ich wäre gerne allein, aber leider bleiben Thomas Tanner und Romano Scarpetta sitzen.

"Das war unerträglich!", schimpft Tanner, knallt seine Unterlagen auf einen Stapel und sein iPad oben drauf. "Irgendwann …"

Romano steht auf. "Du darfst dir von dem Idioten nicht so auf der Nase herumtanzen lassen, Nik", wendet er sich an mich. "Das Benehmen, das er an den Tag legt, musst du von keinem Höhergestellten dulden. Gib ihm endlich zurück."

Ich wünschte wirklich, die beiden würden gehen. "Das kann ich leider nicht."

"Was denn, du bist sonst auch nicht auf den Mund gefallen!"

Ich ignoriere ihn, schiebe meinen Stuhl zurück und mache Anstalten zu gehen.

"Nik, es ist mir ernst." Er greift nach meinem Oberarm und zieht mich daran herum.

Ich schaue ihm in die Augen. "Mir auch, Romano."

Tanner zieht plötzlich die Luft durch die Zähne, so als hätte er sich an etwas erinnert, und springt auf. "Lass gut sein, Romano. Es ist, wie es ist." Er verlässt das Sitzungszimmer.

Romano schaut etwas verdutzt aus der Wäsche, aber er folgt seinem älteren Kollegen und lässt mich – endlich – allein.

12.30 Uhr

Pavel und ich gehen joggen. Der Tag ist wolkenverhangen und es nieselt. Der Frühsommer macht immer noch Pause.

"Du bist so still", meint Pavel, als wir bei der Roten Fabrik ankommen. Wir sind weiter gejoggt als auch schon. Der Weg ist nicht mehr so schön – man läuft direkt neben der stark befahrenen Strasse. Ich habe es gar nicht gemerkt.

128

Ich erzählte Pavel von Ducas Angriffen.

"Und du bist ruhig geblieben?", fragt Pavel erstaunt.

"Äusserlich ja, aber er hat mich schon erwischt."

"Er ist ein Drecksack. Er gehört ..." Plötzlich bricht Pavel ab und bleibt stehen.

Ich tue es ihm gleich.

Er wendet sich mir zu.

"Nik ..." Er macht einen Schritt auf mich zu. Seine Augen sind gross, sein Blick erstaunt und seltsam leer.

Mir wird angst und bange. Ich fasse seinen Oberarm.

"Pass auf meine Familie auf." Die Worte sind so leise und undeutlich gesprochen, dass ich sie kaum verstehe.

Wie ein Stein bricht Pavel zusammen. Ich kann ihn gerade noch am Arm festhalten, so dass er nicht mit dem Kopf auf den Asphalt schlägt.

Panik macht sich in mir breit. Ich unterdrücke den sinnlosen Instinkt, Pavel zu schütteln und anzubrüllen. Stattdessen suche ich seinen Puls und kontrolliere seine Atmung. Beides ist sehr schwach.

Ich nehme mein Smartphone und alarmiere den Kranken-wagen. Zum Glück habe ich als Firmensprecher daran gedacht, die Nummer zu speichern. In meinem Entsetzen hätte ich sie nicht mehr zusammengebracht, dabei ist es nur 144, also ganz einfach.

Danach versorge ich Pavel. Ein junges Paar, ebenfalls Jogger, hilft mir dabei. Gemeinsam bringen wir genügend Kleidung zusammen, um seinen Oberkörper zuzudecken und seinen Kopf weich zu betten. Der junge Mann hält Pavels Füsse etwas in die Höhe, damit das Blut Richtung Herz fliesst. Ich reibe Pavels Hände, die furchtbar kalt sind.

Endlich kommt der Krankenwagen. Ich tausche meine Mobile-Nummer mit dem jungen Paar. Danach geht es ab ins Krankenhaus, direkt auf die Intensivstation.

Dort beginnt das Warten.

Ich rufe Ellie an, dann im Office. Alle sind entsetzt.

Ellie ist da wie hingebeamt. Sie umarmt mich, weint an meiner Schulter.

Und so, als hätte Pavel mit seiner gestrigen Warnung das Schicksal herausgefordert, beginnt mein Abstieg in meine persönliche Hölle.

Mittwoch, 8. Juni

Pavel liegt weiterhin im Koma. Die Ärzte sind noch am Suchen. Ihre Vermutung ist, dass er eine Blutvergiftung hat, aber sie wissen nicht wo.

Ich muss lachen ... oder weinen. Ich bin mir nicht sicher, welches von beidem den seltsamen Geräuschen entspricht, die ich von mir gebe. Ellie geht es gleich.

Pavel gehört zu jenen Menschen, die einen mit dem Desinfektionsmittel durch die ganze Wohnung verfolgen, wenn man auch nur einen Riss im Nagelhäutchen hat. Schneidet er sich selbst den halben Finger ab, steckt er ihn in den Mund, leckt das Blut weg und sagt: "Ist schon wieder in Ordnung."

Tinta kommt vorbei, nimmt meinen Wohnungsschlüssel und bringt mir einige Stunden später frische Kleidung und ein Necessaire. (Ellie hat für sich eine Tasche mit Sachen mitgebracht.)

"Soll ich hierbleiben, Nik?" Sie und Ellie tauschen einen Blick durch die Scheibe des Intensivraums. In beider Augen steht der blanke Hass, wobei Ellie es schafft, gleichzeitig triumphierend auszusehen – etwa so wie eine Katze, die endlich den Kanarienvogel erwischt hat.

Ich würde gerne ja sagen, aber ich schüttle den Kopf.

"Lass sie nicht an dich heran, Nik. Vergiss nie, dass sie ein Soziopath ist."

Wie wenn ich das vergessen könnte.

Tinta geht. Ich gehe zurück in den Raum.

Ellie und ich sitzen wie angewachsen auf unseren Stühlen und warten darauf, dass etwas geschieht. Wenn ich nachts eindöse, Schulter an Schulter mit ihr oder sie in meinen Armen, dann weiss ich beim Aufwachen nie, ob ich lebe oder gestorben bin.

Mit der für sie üblichen Berechnung nutzt sie aus, dass ich ihr nicht ausweichen, nicht vor ihr fliehen kann. Sie will eine andere Zukunft erzwingen, in der wir drei wieder Freunde sein können.

Ich habe das Gefühl, dass die Wände mich erdrücken.

Freitag, 10. Juni, 23.20 Uhr

Pavel ist noch immer nicht aufgewacht, aber die Medikamente, die ihm die Ärzte geben, wirken. Er hatte tatsächlich eine schleichende Blutvergiftung. Offenbar gibt es einige seltene Fälle, in denen diese symptomlos verläuft, bis dann der Zusammenbruch erfolgt.

Die Ärzte haben uns gewarnt, dass Pavel schwere Organschäden davontragen kann, wenn er überlebt.

Ellie weint still an meiner Schulter. Wir sind beide völlig fertig. Die Ärzte machen sich inzwischen fast noch mehr Sorgen um uns als um Pavel.

Ellies Atem wird ruhig und ihr Gewicht gegen mich immer schwerer. Bald liegt sitzt sie abgeknickt auf ihrem Stuhl, den Kopf auf meinem Oberschenkel. Ich lege sanft die Hand auf ihr Haar.

Ellie wird in meinem Leben immer einen speziellen Platz einnehmen, aber ihre Gegenwart bringt mich um. Ebenso wie die Gegenwart ihrer Kinder, die heute hier waren.

Ich reise in meinen Gedanken woanders hin, träume ein anderes Leben, und die Absorption ist so stark, dass ich meine Umwelt vergesse.

Als Kind verträumte ich auf diese Weise manchmal ganze Nachmittage.

Diesmal allerdings stört mich ein leises Rascheln. Es klingt wie ein kleines Tier, das in Kartonstücken oder einer Zeitung herumscharrt.

Ich kehre in die reale Welt zurück und schaue auf das

Krankenbett. Pavels Augen sind offen und riesig. Sein Blick wandert über Ellie, sucht dann meinen. "Bin ich tot?", flüstert er.

Ich rutsche unter Ellie hervor, bette ihren Oberkörper vorsichtig auf meinen Stuhl.

"Nein, du bist nicht tot." Ich setze mich auf die Bettkante und nehme Pavels Hand.

Sein Blick geht zurück zu seiner Frau. "Ellie." Seine Finger schliessen sich um meine. "Was ist passiert?"

Leise erzähle ich es ihm.

"Wie lange?"

"Drei Tage."

Pavel flucht leise vor sich hin.

Danach schweigen wir. Pavels Griff um meine Hand wechselt an Intensität, wird schliesslich so stark, dass er mir fast die Knochen bricht. Tränen rinnen aus seinen Augenwinkeln.

Er atmet tief ein. "Ich will, dass du jetzt gehst, ohne Ellie zu wecken. Und danach möchte ich, dass du dir auf dem Heimweg die grösste Pizza besorgst, die du finden kannst – oder was auch immer", wirft er rasch ein, als er meinen Einwand kommen sieht. "Nachdem du diese Pizza verspeist hast, schläfst du gefälligst die nächsten vierundzwanzig Stunden durch. Das ist ein Befehl!"

Ich muss grinsen. "Jawohl, Sir!"

Woche 23-25

Pfingstmontag, 13. Juni

Langsam zeichnet sich ab, dass Pavel riesiges Glück gehabt hat. Die Ärzte können es noch nicht abschliessend beurteilen, aber es scheint, als hätte er keine Folgeschäden davongetragen.

Heute wird er entlassen. Danach ist er für einige Zeit krankgeschrieben.

Mir selbst ist es noch nicht wieder gelungen, eine Nacht durchzuschlafen. Wenigstens hält Pavel seine Familie von mir fern.

Dienstag, 14. Juni, 9.01 Uhr

Pavel ist langweilig zu Hause. Pro Stunde kommt eine Instant Message auf meinem Smartphone herein. Meine Leute spielen mit ihm über den Gameserver, wann immer sie Zeit haben. Das ist einer der Vorteile des Webmaster-Jobs. Es gibt immer wieder Momente, in denen nichts zu tun ist. Dann sind alle Aufträge abgearbeitet, die gesamte Maintenance ist gemacht und an den Projekten kann nichts weiterentwickelt werden, weil zuerst andere wieder arbeiten müssen.

Ich selbst habe zu viel zu tun, da meine Ferien am Freitagabend beginnen.

An der GL-Sitzung sind alle sehr zahm. Tanner hat das Protokoll von letzter Woche geschrieben. Er legt mir auch kurz die Hand auf die Schulter, bevor er sich setzt. Scarpetta betrachtet mich nachdenklich. Die anderen ignorieren mich.

Die Sitzung verläuft nicht schlecht, was auch damit zusammenhängt, dass es praktisch nichts zu entscheiden gibt. Stattdessen arbeiten sich die Herren durch Statusberichte zu Projekten, Statistiken aller Art und Incident-Reports.

Leuli gibt schliesslich einen tiefen Seufzer von sich. "Es ist einfach nicht mehr wie früher. All der Papierkram, und man weiss einfach nicht mehr, wem man vertrauen kann."

Dass die GL die Papierlawine selbst verursacht, indem sie Mikromanagement betreibt, und dass die Angestellten ihre Reports frisieren aus Angst vor Repressionen, blendet er wie stets völlig aus.

Mittwoch, 15. Juni, 13.49 Uhr

Ich mag mich täuschen, aber bei meinem Team läuft irgendetwas. Es fällt mir auf, weil sogar Xavier sich fast wie ein normaler Mensch verhält. Das ist etwa so wahrscheinlich, wie dass ein Gorilla sich mit einem Nadelstreifenanzug, polierten Schuhen und einer Lesebrille ausstaffiert, um dann mit umgehängter Laptop-Tasche ins Büro zu gehen.

Seltsamerweise zeigt sich auch niemand in meinem Büro.

Ich rufe Tinta zu mir. "Ist etwas los, worüber ich mir Sorgen machen müsste?"

Sie sendet mir einen Blick, in dem sich Freundschaft und Frust die Waage halten. Trotzdem ist ihre Stimme leise, als sie antwortet. "Wir sind es, die uns Sorgen machen – um dich."

Ich mag zerstreut sein, aber ich bin nicht dumm. "Ihr schirmt mich ab?"

"Ja, und ich möchte bemerken, dass das gar nicht einfach ist. Die ganze Firma scheint dich als Lösung für ihre Probleme zu betrachten."

Ich stelle mir vor, wie meine Pendenzen ohne die Hilfe meines Teams aussehen würden. "Meinen Dank – an dich und alle."

"Du brauchst uns nicht zu danken. Komm einfach gesund aus deinen Ferien zurück. Versprichst du das?"

Ich zögere. Mit einem VW-Bus nach Indien zu fahren kommt mir im Moment nicht mehr so hirnverbrannt vor wie auch schon.

"Nik?"

Sie kommt zu mir hinter den Schreibtisch, lehnt sich an die Tischplatte und betrachtet mich. Bei Tinta ist alles möglich, von einer Kopfnuss über einen Wutanfall bis hin zu einer Umarmung und einem Kuss. Diesmal berührt sie nur ganz leicht mit den Fingerspitzen meine Wange. "Versprichst du, es zu versuchen?"

Das kann ich. "Ja."

Sie lächelt. "Wenn ich dir nur glauben würde."

Samstag, 18. Juni, 11.15 Uhr

Die letzten beiden Arbeitstage vergingen wie im Flug. Ich konnte längst nicht alle Pendenzen abarbeiten.

Ich sitze im Zug und schaue auf die frühsommerliche Landschaft hinaus. Das Land leuchtet saftig grün. Das Blattwerk der Bäume und Büsche wächst üppig.

Ich frage mich zum hundertsten Mal, ob ich einen Fehler mache.

Das Dutzend fast schon flehende SMS von Pavel, meinen Aufenthalt abzusagen, machen die Entscheidung auch nicht gerade einfacher. Die letzte davon trifft ein, als ich am frühen Morgen am Zürcher Hauptbahnhof in den Zug steige.

Gestern Abend rief ich nochmals im Kloster an und bot dem Abt an, nicht zu kommen. Er wollte nichts davon hören.

"Wir sind kein Schönwetterservice, Nik. Unsere Türen stehen Menschen in allen Lebenslagen offen."

Als er mich am Bahnhof abholt, mache ich fast auf der Ferse kehrt. Sein Gesicht zeigt, wie sehr ihn mein Anblick erschreckt.

Meine Panik wiederholt sich, als wir das Kloster betreten und ich, wie auch beim letzten Mal, alle Gadgets abgebe.

"Unser Kloster ist kein Gefängnis, Nik. Wenn Sie möchten, können Sie jederzeit wieder gehen."

Ich nehme mich zusammen. Hinter mir schliessen sich die Türen.

Erster Nachmittag im Kloster

Wer einigermassen aufmerksam liest, dem wird bewusst sein, dass ich die Einträge ab diesem Moment nicht mehr zeitnah verfassen kann, da mir alle modernen Kommunikationsmittel fehlen.

Da damit das eigentliche Konzept eines Blogs ad absurdum geführt wird, wäre hier ein guter Moment, den Blog zu schliessen.

Nik Wydmer, dieser seltsame Kommunikationsmensch mit dem offensichtlichen Dachschaden macht erneut im Kloster Ferien. Vielleicht kommt er danach wieder raus und mischt die BuBi AG so richtig auf. Vielleicht bleibt er für immer. Vielleicht trifft ihn in den nächsten drei Wochen der Blitz. Vielleicht verlässt er das Kloster, kauft sich einen VW-Bus und fährt damit nach Indien.

Jeder Leser kann seine Erwartungen für mich auf diesen Moment projizieren – oder mich zum Teufel wünschen.

Tatsache ist, dass das Thema meines Blogs sich gewandelt hat.

Er begann mit Beobachtungen zum Wahnsinn des modernen Managements. Schön weit von mir selbst weg, schön distanziert, wenn auch hoffentlich mit ein wenig Selbstreflexion in all dem Spott.

Mit Pavels Blutvergiftung begann meine Maske zu brechen und nun stehe ich im Zentrum, meine Ängste und Dämonen. Ich konnte mir nie vorstellen, diese mit der Welt zu teilen.

Dass ich weiter berichte, daran seid Ihr schuld. Ihr habt so viele aufmunternde und positive Kommentare gepostet. Diese zeigen mir, dass ich bereits mit den ersten Einträgen des Blogs viel von mir selbst ins Netz gegeben habe. Und irgendetwas in meinen Erfahrungen scheint zu Euch zu sprechen.

Deshalb geht es jetzt hier weiter. Nur sagt mir nachher nicht, ich hätte Euch nicht gewarnt:

Der sommerliche Klostergarten ist so schön, wie ich ihn mir bei meinem letzten Besuch im Frühling vorgestellt hatte. Die Kürbispflanzen sind am Wuchern, die letzten Erbsen reifen an ihren Rankgerüsten und die Stangenbohnen bereiten sich auf ihren grossen Auftritt vor.

Der Beerengarten ist voller reifer Himbeeren und schwarze, weisse und rote Johannisbeeren leuchten wie Juwelen in der Sonne.

Ich sitze mit zwei Mönchen unter einer jahrhundertealten Blutbuche und ruhe mich von der Arbeit aus. In der Sonne ist es brennend heiss. Die Mönche fühlen keine Notwendigkeit zu sprechen.

Es war richtig hierher zu kommen ...

Erste Nacht im Kloster, 2.30 Uhr

... oder vielleicht auch nicht.

Meine Alpträume sind so schlimm, dass ich schreiend aufwache. Dass dies nicht mein erster Schrei ist erkenne ich an der Präsenz der halben Bruderschaft in meiner Zelle. Ich bin der Fokus vieler besorgter Blicke.

Der Abt sendet die anderen Mönche mit einer Kopfbewegung fort.

Ich rutsche hoch im Bett, dorthin wo der Rahmen des Betts mit der Wand eine Ecke bildet und drücke mich hinein. Wenn es ginge, würde ich mit der Wand verschmelzen und mich unsichtbar machen. Meine Hände krallen sich in das Leintuch. Mein Herz rast so sehr, dass ich kaum Luft bekomme.

Der Abt bewegt sich nicht und beobachtet mich schweigend.

Schliesslich geht er zur alten Holzkommode, die meine Wäsche enthält. Er entzündet die Kerze darauf, schaltet das elektrische Licht aus und setzt sich dann auf den Stuhl in der Ecke mir diagonal gegenüber.

Seine Absicht ist klar. Er bleibt hier.

Mir ist so schlecht, dass mein Abendessen nur durch ein Wunder dort bleibt, wo es hingehört. Ich habe auch nicht die Absicht, mich nochmals hinzulegen.

So vergeht die Nacht, bis um sechs Uhr morgens die Glocke zur Morgenandacht Laudes ruft.

Zweiter Tag im Kloster

Weil es regnet, darf ich heute bei der Renovation der alten Kapelle mithelfen. Es ist recht schwere, schmutzige, aber auch sehr bereichernde Arbeit.

Ich lerne, Risse in den Wänden auszubessern. Zuerst muss ich den Putz mit Hammer und Meissel vorsichtig öffnen, um zu überprüfen, ob auch die darunterliegende Substanz vom Riss betroffen ist. Falls nicht, verputze ich die Schadstelle, so dass die Wand wieder eine glatte Fläche bildet.

Niemand verliert ein Wort darüber, dass ich mich in der

Nacht zum Esel gemacht habe.

Am Abend erhalte ich ein Lob für die Qualität meiner Arbeit.

Die Nacht verbringe ich im Blumengarten, der am weitesten von den Schlafräumen entfernt liegt, unter einer alten Linde, wo der Boden trotz der Regenschauer trocken geblieben ist. Die Borke fühlt sich rau in meinem Rücken an, und die Nacht ist kühl, so dass ich bald zu frieren beginne.

Ich begrüsse das Zittern in meinem Körper, da es mich wach hält.

Der Abt findet mich in den frühen Morgenstunden, wahrscheinlich weil meine Zähne so laut klappern.

"Einer unserer Brüder ist Arzt. Er hat mir das für Sie gegeben." Er zeigt mir eine Schachtel Schlafmittel. "Es ist nicht die Lösung, aber vielleicht für heute Nacht eine Hilfe."

Ich habe mich immer gegen Schlafmittel gewehrt. Aber irgendwann gibt jeder auf.

Um Viertel vor sechs erwache ich meinem Bett und habe sogar wieder einige Stunden ruhig geschlafen.

Dritter Tag im Kloster

Nach dem Morgenessen trifft eine Fuhre Manager ein. Sie sind laut und arrogant und ich kann mir nicht vorstellen, unter normalen Umständen auch zu dieser Welt zu gehören.

Es ist ein heisser Tag. Heute arbeite ich in der Fischzucht des Klosters. Wir reinigen den Fischteich von Algen. Dazu muss ich in Badehosen gekleidet bis zur Brust ins Wasser steigen.

An den Füssen habe ich Wandersandalen aus Plastik. Die Fische streichen um mich herum und knabbern an meinen Beinen, was sich lustig anfühlt.

Einer der jüngeren Mönche (um die fünfundvierzig) dümpelt in einem Ruderboot neben mir. Was ich an Algen mit dem Netz rausfische, lädt er zu sich ins Boot in eine Plastikwanne.

Manchmal machen wir auch Unsinn. Er bespritzt mich mit Wasser. Ich werfe ihm Algen ins Gesicht.

Nach einer halben Stunde wechseln wir, da das Wasser noch ziemlich kalt ist und meine Finger schon ganz blau sind. Die Ausbeute an Algen für den Kompost und zur Herstellung von Dünger ist beachtlich.

Danach setzen wir Jungfische aus den Zuchtaquarien in den frisch gereinigten Teich um.

Der Nachmittag wird drückend heiss. Die Gelehrten unter den Mönchen ziehen sich in die Bibliothek zurück. Die Handwerker flüchten in den Schatten.

Ich verbringe als Assistent der Gärtner einige stille Stunden damit, alte Steintöpfe von Moos und Algen zu reinigen. Über uns rascheln die Blätter der Blutbuche im Wind. Bis auf die Geräusche der Natur ist es völlig still. Kein Auto ist zu hören, kein Flugzeug, nichts. Dies könnte genauso gut ein früheres Jahrhundert sein.

Beim Zubettgehen mache ich einen schlimmen Fehler: Ich nehme die empfohlene Dosis Schlafmittel mit dem Erfolg, dass ich nicht aufwachen kann, als die Alpträume kommen.

Als ich am Morgen endlich mein Bewusstsein wiedererlange, ist meine Maske endgültig zerbrochen.

Vierter Tag im Kloster

Ich sehe die Welt wie durch einen Spiegel hindurch. Ich bewege mich in ihr, bin aber nicht Teil von ihr. Ich arbeite im Garten und fühle die Erde nicht. Ich stehe in der brennenden Sonne, ohne dass die Wärme ihrer Strahlen mich erreicht.

Die Mönche lassen mich nicht mehr allein. Immer ist jemand in der Nähe, selbst wenn ich nur die Toilette aufsuche.

Ironischerweise sieht es inzwischen so aus, als würde Pavels gefährlicher medizinischer Notfall am Ende mein Leben kosten.

Kurz vor Mitternacht in meiner Zelle betrachte ich die Schlaftabletten und versuche auszurechnen, ob sie vielleicht des Rätsels Lösung sein können.

Ich bin nicht mehr in der Lage, die einfachste Addition auszuführen. Die Zahlen tanzen vor meinen Augen und machen sich über mich lustig.

Ich lege die Tabletten weg und gehe hinaus in den Garten. Vor meiner Tür sitzt kein Mönch. Vielleicht ein Wink des Schicksals.

Die Luft draussen hat abgekühlt. Mein Kopf wird etwas klarer. Ich setze mich im Blumengarten an die Begrenzungsmauer, die rauen Steine im Rücken, und schaue zum Himmel auf.

Ohne darüber nachzudenken, beginne ich in meinem Geist ein Schutzmantra des Yoga zu singen. Durch die monotone Melodie kann ich den Atem einigermassen ruhig halten.

Als der Morgen endlich kommt, habe ich keinen Moment geschlafen, aber ich hatte wenigstens auch keine Alpträume.

Fünfter Tag im Kloster

Am Morgen holt mich ein Mönch rechtzeitig zu den Laudes. Offenbar kannte man meinen Aufenthaltsort, oder jemand war die ganze Nacht in der Nähe und ich habe es nicht gemerkt.

Heute fühle ich mich nicht einmal so schlecht, doch ich habe nur Luft im Kopf und keinen Boden unter den Füssen.

Mir wird nur ganz leichte Arbeit zugeteilt. Ich darf im Schatten Karotten nach Grösse sortieren. Als ich zufällig in die drei Bretterkisten schaue, sind alle Grössen durcheinander.

Plötzlich laufen mir Tränen die Wangen hinab. Ich bin so schwach, dass ich kaum mehr sitzen kann.

"Nik, hilfst du mir schnell?", ruft mich ein Mönch.

Ich wische mir die Tränen ab und quäle mich auf die Füsse.

Es geht in den Keller der Kirche, wo ich noch nie war. Spitzbögen verbinden dicke Säulen, die das Gewicht des Gebäudes tragen.

Aus einem altertümlichen Portal in einer Wand dringt Licht. Als ich hineinblicke, sehe ich eine kleine Kapelle, in der Kerzen brennen. Drei kurze Reihen an Holzbänken flankieren den Gang zum Altar.

"Was ist das?", frage ich.

"Das ist unser Andachtsraum, in dem wir uns in die absolute Stille zurückziehen können."

Unser Ziel ist der hinterste Keller der Kirche, wo alte Steinelemente aufbewahrt werden. Vorsichtig heben wir eine steinerne Urne und tragen sie durch das Kellergewölbe und die Treppe hinauf ins Tageslicht.

Der Mönch bepflanzt die Urne mit Erdbeeren, während ich mich zurück unter meinen Baum setze. Immer wieder geht mein Blick zum Kirchturm.

In der Nacht lege ich mich auf mein Bett, bis ich den Mönch im Gang leise schnarchen höre. Danach schleiche ich mich nach draussen.

In der Kirche habe ich die Wahl: hinauf in den Turm oder hinab in den Keller.

Hinter dem Altar leuchtet das ewige Licht. Mein Blick geht zu den farbigen Glasfenstern, die im Mondschein leuchten. Eins ist leicht geöffnet und lässt einen sanften Wind in den Kirchenraum.

Meine Füsse nehmen die Treppe nach unten.

Ich finde mich schliesslich in der Totenstille des Andachtsraums wieder, der nur von einigen Kerzen beleuchtet wird.

Der Raum fühlt sich richtig an. In meiner Wohnung gibt es auch so ein Zimmer. Es scheint sich durch nichts von den anderen zu unterscheiden. Es liegt sogar auf der Nordseite, wo nur an einigen wenigen Hochsommermorgen überhaupt ein Sonnenstrahl hinkommt. Aber das Feng Shui stimmt. Immer, wenn ich mich darin aufhalte, fühle ich, wie ein Teil von mir sich mit etwas dringend Notwendigem sättigt.

So auch hier.

Die Stille ist so tief, dass ich meinen eigenen Herzschlag höre. Und noch etwas mehr, verdrängte Gedanken und

Stimmen, die ich nur in der absoluten Stille dieses Ortes hören kann.

Ich schliesse die Augen und die Vergangenheit verbindet sich mit der Gegenwart.

Sechster Tag im Kloster

Gesang dringt in mein Bewusstsein und holt mich weg vom Ort des Friedens, an dem ich mich befinde. Ich schrecke auf und schaue mich um.

Ich knie auf dem Steinboden der unterirdischen Kapelle. In den Bankreihen rechts und links von mir sitzen die Mönche. Offenbar störe ich ihre Morgenandacht.

Bevor ich irgendetwas tun kann, legt sich eine Hand auf meine Schulter. Der Abt deutet mir mit einer Geste an, zu schweigen und mich nicht zu bewegen. Ich gehorche. Er lässt die Hand auf meiner Schulter. Ihr Griff ist schwer und warm.

Nach dem Gottesdienst muss er mich auf die Füsse ziehen, da ich nicht selbst aufstehen kann. Er schaut mir aufmerksam in die Augen und nickt dann langsam. "Die Dunkelheit ist noch da, aber in ihre Schranken verwiesen."

Er hilft mir hinaus ins warme Sonnenlicht und weiter ins Refektorium. "Kommen Sie, Nik. Sie müssen endlich wieder essen."

Siebter Tag im Kloster

Ich habe den gesamten gestrigen Tag im Schatten der Blutbuche im Klostergarten verschlafen. Wann immer ich erwachte, sass jemand bei mir. Die Alpträume kamen und gingen, aber ich gebe ihnen keine Macht mehr über mich.

Und ich erlaube mir nicht mehr, mich vor dem Einschlafen zu fürchten.

Der Abt bietet mir an, die Nacht auf einem Feldbett in meiner Zelle zu verbringen. Zuerst will ich ablehnen. Nach einem Moment des Nachdenkens akzeptiere ich.

Ich erwache zwei Mal in der Nacht. Ein Blick in das gütige, im Schlaf entspannte Gesicht und mein rasender Herzschlag beruhigt sich.

Gegen Mittag werde ich krank. Es ist eine heftige Erkältung mit Fieber und Gliederschmerzen. Sie zwingt mich dazu, zwei Tage fast nur zu schlafen.

Neunter Tag im Kloster

Ein weiterer kleiner Sieg: Als ich am frühen Nachmittag erwache, bin ich hungrig.

Zehnter bis sechzehnter Tag im Kloster

Die Ordensbrüder sprechen mit mir beim Arbeiten. Wir führen Diskussionen über – im wirklichen Sinn – Gott und die Welt. Ich begreife, dass ihr früheres Schweigen Rücksicht auf meinen Zustand war.

Wir beobachten mehrere Gruppen von Managern beim Ankommen, in die Stille Eintauchen und sich Zerstreiten. Langsam bekomme ich den Eindruck, dass die Querelen während des Aufenthalts der BuBi AG noch harmlos waren.

Allerdings nutzt auch niemand mehr die Küche für ein Stelldichein.

"Aber nur, weil im Sommer der Klostergarten attraktiver ist", stellt der Abt in seinem trockensten Humor fest.

Am Nachmittag des sechzehnten Tages ruft er mich zu sich. "Ich möchte Ihnen mitteilen, dass Sie morgen abreisen werden", sagt er. Seine Stimme klingt bedauernd.

Ich habe inzwischen so viel Vertrauen gewonnen, dass ich nicht zuerst an einen Rauswurf denke. "Weshalb?"

"Weil Sie mit Herrn Mikhailovich Ferien machen werden. Er hat eine Reise der Romantischen Strasse entlang für Sie beide organisiert."

"Sie haben mit Pavel gesprochen?"

"Ja."

Mir dämmert etwas. "Er hat nicht erst heute hier angerufen, nicht wahr?"

Der Abt lächelt etwas verschmitzt. "Nein, sein erster Anruf traf einige Tage vor Ihnen hier ein. Er machte sich grosse Sorgen."

Niemand sagt es, aber wir beide denken: zu Recht.

"Seither hat er jeden Tag hier angerufen, um zu erfahren, wie es Ihnen geht."

"Deshalb also die Überwachung ..."

Der Abt schüttelt den Kopf. "Jeder, der Sie richtig anschaute, sah, dass etwas gar nicht stimmt. Durch Ihren Freund erfuhr ich allerdings, was es genau war. Es tut mir sehr leid."

Selbst nach all den Jahren mag ich nicht darüber sprechen. Ich verschränke die Arme.

"Es ist eine besondere Gnade, im Leben eine so tiefe Freundschaft eingehen zu dürfen", leitet der Abt das Gespräch geschickt von dem heiklen Thema weg.

Ich lächle schief. "Ich weiss. Allerdings petzen diese wunderbaren Freunde auch manchmal unsere Geheimnisse, wenn sie besorgt sind."

"Falls es Sie tröstet, Nik. Er sagte es nicht von selbst aus. Ich fragte ihn danach, da ich wissen wollte, wie sehr wir auf Sie aufpassen müssen."

Ich nicke nachdenklich. "Haben Sie ...?"

"... ihm von Ihren Alpträumen erzählt? Nein."

Wenigstens das. "Dann gehe ich mal packen."

Als ich schon an der Tür bin, ruft mich der Abt zurück. "Nik?" Sein Tonfall klingt sehr ernst.

"Ja."

Er zögert. "Manchmal glauben wir, Dinge zu wissen, und fällen dann in unserer Überheblichkeit vorschnell Urteile. So wie ich, als ich Ihnen im Frühjahr sagte, dass Sie hier niemals auf Dauer willkommen sein werden. Und nicht selten werden wir dann gezwungen, unsere Worte zurückzunehmen. So wie ich jetzt."

Er schweigt einen Moment, um sicher zu sein, dass ich wirklich verstehe, was er sagt.

"Sollten Sie jemals für immer hierher kommen wollen, werde ich alles in meiner Macht Stehende tun, damit Sie bei uns bleiben dürfen."

Er ist niemand, der ein solches Versprechen leichtfertig gibt. Ich bin tief berührt. "Danke."

Ich gehe packen.

Woche 26

Siebzehnter Tag im Kloster / Montag, 4. Juli

Pavel trifft gegen zehn Uhr morgens ein.

Ich verabschiede mich von den Ordensbrüdern und vom Abt. Mit einigen habe ich Freundschaft geschlossen. Sie lassen ihr verlorenes Schaf nur sehr ungern gehen.

Ich trete aus dem Kloster ins Freie. Es ist Montag, der 4. Juli.

Pavel erwartet mich auf dem Parkplatz. Er wirkt ernster und erwachsener als vor seiner Krankheit. Ansonsten ist er sein inzwischen übliches gepflegtes Selbst mit einem ordentlichen Haarschnitt und smarten Freizeitkleidern.

"Hallo, Nikki." Er umarmt mich so fest, dass meine Rippen protestieren.

"Hallo, Pavel."

Wir fahren los.

Der Sommer ist eine gute Zeit, um in Deutschland unterwegs zu sein. Weil viele Einheimische in den Ferien sind, läuft alles etwas ruhiger. Und die zahlreichen Touristen verteilen sich in den meisten Fällen sehr gut.

Für das Mittagessen halten wir bei einem Landgasthof an, den Pavel über das Internet ausgewählt hat. Hier zeigt sich eine weitere schöne Seite von Deutschland: das feine Essen.

Natürlich schmeckt nicht jedes Gericht, aber das ist in jedem Land so. In der Schweiz gibt es zum Beispiel Öhrli-Schnörli (gekochte Schweinsohren und -schnauzen) als traditionelles Gericht, das ich nicht unbedingt zu den kulinarischen Highlights meines Heimatlandes zählen würde.

Genauso verhält es sich auch in Deutschland. Es gibt einige Ausreisser im Sinne von: "Das kann nicht euer Ernst sein!", aber das meiste schmeckt grossartig.

Ich entscheide mich für Hackbraten mit Kartoffelstock und Gemüse. Pavel tut es mir gleich.

Während der Mahlzeit beobachtet er mich mit Argusaugen. Erst nachdem ich die Hälfte des Tellers weggeputzt habe, entspannt er sich. Kurz darauf muss ich aufgeben. Er schafft auch nicht viel mehr, obwohl die Portionen nicht riesig sind.

Während wir schweigend unseren Tee trinken, wird mir bewusst, was für ein Wunder es ist, dass er hier vor mir sitzt.

"Was sagen die Ärzte über deine Gesundheit?", frage ich ihn.

Sein Gesichtsausdruck zeigt immer noch Schatten. "Ich bin offenbar wirklich mit einem blauen Auge davongekommen. Die Ärzte trauen der Sache allerdings nicht. Sie wollten mir diese Ferien ausreden."

Trotzdem hat er sich durchgesetzt. "Was sagt dein eigenes Gefühl?"

"Ich bin zuversichtlich. Allerdings fühle ich mich noch nicht wieder auf dem Damm. Wahrscheinlich werde ich es selbst erst glauben, wenn ich wieder joggen kann."

"Du musst keine Medikamente nehmen, nichts?"

"Nein, alles abgesetzt."

Ich lächle. "Ich bin sehr froh, dass es für dich so gut ausgegangen ist."

Er bleibt ernst. "Es hätte keinen Sinn gemacht, wenn du es nicht auch geschafft hättest."

Wir wissen beide, dass man manche Strecken im Leben allein gehen muss, weil es gar nicht anders geht.

Pavel grinst plötzlich. "Dessert?"

19.15 Uhr

Wir kommen in Würzburg, dem Beginn der Romantischen Strasse, an und beziehen unser Hotelzimmer. Wie früher, wenn wir auf Reisen waren, hat Pavel für uns ein Zimmer mit zwei Einzelbetten reserviert.

Beim Abendessen – wir schlemmen uns durch grosse Salatteller – frage ich ihn, wie Ellie die Nachricht dieser Reise aufgenommen hat.

"Gut. Sie hatte keine Einwände."

Ich sende ihm einen ungläubigen Blick.

"Nein, ich meine es ernst. Sie hat sich verändert."

Was ich nicht wirklich glauben kann. Ellie ist eine der kompromisslosesten Frauen, die ich kenne. Als sie damals bei uns einzog, hätte ich sie am liebsten wieder rausgeschmissen. Pavel und sie fetzten sich die ganze Zeit – ausser während der Stunden, die sie gemeinsam im Bett verbrachten.

Nach einigen Wochen besserte sich das zwar, so dass ein normales WG-Leben möglich war. Von der Wildheit blieb, dass Ellie Pavel lange nicht so treu war, wie er es zuerst als Partner und später als Ehemann erwarten durfte.

Als sie heirateten, setzten die beiden einen Ehevertrag auf. Eine Klausel darin legt fest, dass jedes Kind, das Ellie zur Welt bringt, von Pavel sein muss und dass diese Tatsache innerhalb von vier Wochen nach der Geburt per Vaterschaftstest überprüft wird.

Der nicht besonders romantische Ansatz funktionierte. Die Ergebnisse der Tests für jedes einzelne Kind hängen gemäss Pavel heute noch eingerahmt in Ellies Büro bei ihnen zu Hause.

Weniger einfach zu lösen war ihre Eifersucht auf die Freundschaft zwischen Pavel und mir. Der Konflikt begleitete uns durch die gesamte WG-Zeit, stets unterschwellig präsent und jederzeit bereit aufzuflackern.

An einem Silvester schliesslich explodierte die Situation. Ich war krank, eine lästige Bronchitis, nichts Ernstes. Unsere andere Mitbewohnerin, eine junge Ärztin, hatte Dienst. Ellie wollte ausgehen und feiern, aber Pavel weigerte sich, mich allein zu lassen.

Ellie rastete völlig aus.

Am Ende seiner Geduld, was bei ihm wirklich sehr viel braucht, beantwortete Pavel schliesslich die Frage, die er bisher immer hatte abwehren können. Wen liebte er mehr: Ellie oder mich?

"Ich kann ohne deine Liebe leben, aber nicht ohne Nikkis Freundschaft."

Das war das Grausamste, was ich Pavel je habe sagen hören. Und er wählte jedes Wort mit Bedacht, in vollem Bewusstsein seiner Wirkung. Ellie wurde leichenblass, machte auf dem Absatz kehrt und verliess ohne Mantel und feste Schuhe die Wohnung. Draussen war es mehrere Grad unter null.

"Was ist, wenn sie nicht zurückkommt?", fragte ich.

Pavel schüttelte unnachgiebig den Kopf. "Dann muss ich damit leben. Sie muss endlich lernen, dass sie so nicht mit uns umspringen darf, weder mit mir, noch mit dir, noch mit irgendjemand anderem."

Damals stand Ellie um zwei Uhr am Neujahrsmorgen weinend und völlig durchgefroren vor unserer Wohnungstür (sie hatte auch den Schlüssel vergessen). Pavel nahm sie ohne ein Wort in die Arme, ging mit ihr ins Schlafzimmer, und wir sahen die beiden zwei Tage lang nicht.

Danach wurde es besser, aber die Eifersucht verschwand nie ganz.

Pavel scheint auch kurz in die Vergangenheit gereist zu sein. "Sie ist dir sehr dankbar, dass du gemeinsam mit ihr an meinem Krankenbett gewacht hast."

Wir gehen früh schlafen. Am Morgen wache ich entspannt und ausgeruht auf.

Dienstag, 5. Juli

Bei der Romantischen Strasse handelt es sich um eine Wegstrecke von etwas mehr als vierhundert Kilometern im Süden Deutschlands, die fast exakt der Nord-Süd-Achse folgt. Sie verbindet mittelalterliche Städtchen, Burgen und Schlösser. Neuschwanstein, eine der bekanntesten Attraktionen, liegt bei Füssen an ihrem südlichen Ende.

Für die Reise hat sich Pavel Ellies weisses VW-Beetle-Cabriolet ausgeliehen. Das Wetter ist prachtvoll. Wir fahren mit eingerolltem Verdeck. Rund um uns herum ist Licht, Wärme und Leben. In den historischen Städtchen, von denen viele aus Fachwerkhäusern bestehen, haben alle Restaurants draussen gedeckt. Pflanzkübel wuchern üppig mit Blumen. Der Sommer zeigt sich in seiner ganzen Fülle.

Pavel hat einen Zeitplan gemacht und wir schauen uns alles an, was uns möglich ist. Bis Füssen haben wir, gestern eingerechnet, sechs Tage Zeit.

Langsam stellt sich bei mir Wohlbefinden ein. Wir lachen und scherzen, während wir die Ortschaften erforschen, von denen eine schöner ist als die andere. Zwischendurch lösen wir mein Kleiderproblem. Da ich mich auf drei Wochen im Kloster eingerichtet hatte, habe ich nur Wäsche und kaum Oberbekleidung dabei.

Jetzt sieht Nik Wydmer wieder aus wie ein Student, wenn auch einer aus besserem Hause. Im Büro würden sie sich wundern.

Freitag, 8. Juli

Morgen werden wir in Füssen sein, wo unsere Reise zu Ende geht. Hinter uns liegen unbeschwerte Tage, wie ich sie schon lange nicht mehr erleben durfte. Ich habe einige Kilo zugenommen und meine Haut hat sich in der Sonne dunkel gefärbt.

Auch Pavel ist die Reise gut bekommen. Die Ringe der Erschöpfung unter seinen Augen sind weg. Seine Wangen haben sich aufgefüllt. Der leichte Sonnenbrand auf seiner Nase lässt ihn gesund und unternehmungslustig aussehen.

Ich habe weitere Nächte ungestört durchgeschlafen, eingelullt von Pavels leisem Schnarchen, weiss aber, dass dieser Frieden nicht von Dauer sein kann. Frieden wird einem nie einfach so geschenkt, sondern entsteht durch harte Arbeit.

Wie recht ich habe lerne ich in dieser Nacht. Die Alpträume kehren mit aller Macht zurück. Aber ich schaffe es, ohne Schrei aufzuwachen. Leise setze ich mich auf, mache meine Nachttischlampe an und verkrieche mich in eine freie Ecke des Zimmers. Das Gesicht in den tränennassen Händen, den Rücken gegen die Wand gepresst, warte ich darauf, dass der Schüttelfrost in meinem Körper abflaut und ich wieder atmen kann.

Alpträume werden nicht leichter, nur weil man sich mit ihnen abgefunden hat. Aber man lernt, die Reaktion zu kontrollieren, so dass die Nachwirkungen schneller vergehen.

Irgendwann schlafe ich im Sitzen ein. Da ich am Morgen in meinem Bett erwache, muss Pavel mich hingebracht haben.

Sonntag, 10. Juli

Wir sind sicher nach Hause gekommen und ich versuche, mich wieder an meine Wohnung zu gewöhnen. Das Kloster und Pavels Gesellschaft fehlen mir sehr.

Ich schreibe dem Abt eine Mail. Bald kommt eine herzliche Antwort zurück. Es gibt einen Ort, wo ich jederzeit willkommen bin.

Am Abend schaue ich in meine Firmenmailbox und bin erstaunt. Ich habe nur etwa fünfzig Mails. Im Ordner "In Abwesenheit von Nik beantwortet" finde ich die Erklärung. Tinta, der ich vor meinen Ferien die Berechtigung für meine Mailbox gegeben habe, hat laufend alles abgearbeitet.

Die übrigen fünfzig Mails sind persönlich oder betreffen Issues, an die sie sich nicht getraut hat. Genauer gesagt ein Issue, und ich verstehe, dass sie die Finger davon gelassen hat.

Ich würde auch gerne, aber ich darf nicht.

Der CEO hat in meiner Abwesenheit begonnen zu bloggen – dies frei nach dem Motto: Weshalb den Spezialisten fragen, wenn man auch dilettantisch vorgehen kann?

Woche 27

Montag, 11. Juli, 7.55 Uhr

Im Office wartet eine Überraschung auf uns. Artesia Müller, unsere ungeliebte Leiterin Marketing, wurde fristlos entlassen.

Pavel kann es kaum glauben. "Sind wir diese hirnlose Frau wirklich los?"

Wir sind. Im Verlauf der nächsten Stunden saugen wir unsere Quellen an. Langsam nimmt die Geschichte Form an. Tanner hat offenbar im Auftrag der Geschäftsleitung rigoros durchgegriffen. Er gibt keine Details bekannt, aber irgendetwas ging mit einem Deal, den Mostkopf an der Fondsmesse angerissen hatte, grundlegend schief. Kolportiert wird eine Summe von mehreren Millionen, die sie für die BuBi AG in den Sand gesetzt hat.

Auf meinem Bildschirm wird eine Instant Message von Pavel angezeigt:

mip@wyn (9.43 Uhr) Vielleicht geschieht ja ein Wunder und es erwischt auch Tommy Bum Bum (no news).

Unser ebenfalls ungeliebter Leiter strategische Entwicklung England ist im Moment meine geringste Sorge. Nachdem die GL vor einiger Zeit seine mangelnde Präsenz im angelsächsischen Raum bemängelt hat, hängt er nun oft in London rum, wo wir ein Office unterhalten.

Das ist so etwa die schlimmste Strafe, die man ihm antun konnte. TBB liebt die Schweiz, da er hier frei von allen Konventionen feiern, saufen und herumvögeln kann. Was der Kerl schon alles in Bars rumerzählt hat, geht auf keine Kuhhaut.

Mein Team begrüsst mich begeistert und zwar in der üblichen Reihenfolge: Tinta, Daniela, Grigory und – um 10.30 Uhr – Xavier, wobei Xavier seine Freude durch mehrsilbige Kommunikation ("Yo, Nik!") vermittelt.

Tinta hat etwas auf dem Herzen und fragt mich, ob ich mit ihr über Mittag zum Schnellfress-Asiaten gehe.

"Es tut mir so leid, Nik", sagt sie, kaum haben wir einen Napf Hot and Spicy Chicken vor uns. "Leuli zwang mich dazu, ihm den Blog einzurichten. Ich weigerte mich, sagte ihm, er müsse auf deine Rückkehr warten. Da drohte er mir. 'Ich bin der CEO und ich entscheide, dass ich meinen Blog jetzt haben will! Wenn Ihnen das nicht passt, können Sie gehen.' Und ich gab nach, Nik."

In ihren Augen stehen Tränen.

"Mach dir keine Sorgen. Wenn er in dem Modus ist, lässt er sich auch von mir nichts sagen."

"Aber hast du die Reaktionen gesehen? Wir haben bald Bürgerkrieg in der Firma."

Ich zucke mit den Schultern. "Leuli ist der CEO."

Tinta kann es kaum glauben. "Du regst dich nicht auf?"

160

In den vergangenen Wochen bin ich durchs Feuer gegangen. Dass Leuli sich einmal mehr zum Affen gemacht und die Arbeit von Monaten zerstört hat ist im Vergleich dazu belanglos.

"Das wird schon wieder, Tinta."

"Was auch immer du nimmst, Nik, gib mir auch davon!" Sie hält die offene Hand hin.

Wir lachen.

"Du, du, ... unmöglicher Chef! Ich habe mir in den vergangenen beiden Wochen fast in die Hosen gemacht, wenn ich an deine Rückkehr dachte. Und dann ist alles, was du sagst: 'Wird schon wieder.'!"

15.08 Uhr

Am Nachmittag schaue ich die von Tinta bearbeiteten Anfragen durch, als plötzlich jemand in meiner Tür steht.

"Guten Tag, Wydmer. Sie sind also wieder da", begrüsst mich Leuli.

"Ja."

Ich lasse mich nicht beim Lesen stören.

"Ich dachte, Sie würden heute direkt nach Arbeitsbeginn in meinem Büro stehen." Der CEO schiebt sich seitwärts in den Raum wie eine schuldbewusste Katze. Irgendwann sitzt er am Besprechungstisch auf einem meiner Besucherstühle.

"Weshalb? Ist etwas passiert?", frage ich.

Leuli sendet mir einen vorwurfsvollen Blick, weil ich ihn rösten lasse. "Der Blog?"

"Ja, das lief offenbar nicht ganz optimal." Ich beginne, eine E-Mail zu verfassen.

Er beobachtet mich finster. "Falls Sie darauf hoffen, dass ich vor Ihnen auf die Knie gehe, können Sie warten, bis Sie schwarz werden."

"Weshalb sollte ich darauf warten? Seit ich diesen Job angetreten habe, machen Sie mir ständig klar, dass Sie mein Fachwissen nicht brauchen. Ich darf mir also sicher sein, dass Sie das Problem meistern werden."

Minuten vergehen. Leuli bleibt sitzen. "Bei der Lösung von diesem könnte ich, ehrlich gesagt, schon ein wenig Hilfe gebrauchen", sagt er schliesslich ziemlich kleinlaut.

Ich höre auf zu tippen und wende mich ihm zu. "Wie kann ich Ihnen denn helfen?"

"Ich dachte, wir könnten meine Blogbeiträge gemeinsam durchsehen und Sie sagen mir, wo ich mich verbessern kann."

"Wann und wo?"

"Wie wäre es mit jetzt gleich?"

Leuli zieht den Besucherstuhl um meinen Schreibtisch herum. Ich rufe die Intranetseite auf und beginne zu lesen. Ich sehe die Blogeinträge zum ersten Mal. Nach zwei Abschnitten erleide ich einen Hustenanfall.

Leuli schiesst das Blut ins Gesicht. "So schlimm ist es nun auch wieder nicht. Ich war höflich."

"Dann möchte ich nicht wissen, wie es ist, wenn Sie ungehalten werden. Von wem haben Sie diesen Kommunikationsstil abgeschaut: Josef Stalin?"

Leuli springt auf. Seine Augen blitzen vor Ärger. "Passen Sie nur auf, Wydmer. Irgendwann enden Sie als Bettler auf dem Paradeplatz."

"Geld ist nicht alles im Leben." Ich wechsle zurück in meine Mailbox und schreibe an der Mail weiter.

Leuli bleibt stehen. Er spürt, dass etwas anders ist als vor meinen Ferien. "Es war einfacher, als Sie Angst vor mir hatten."

Man muss ihm anrechnen, dass er die Dinge beim Namen nennt und nicht etwas von fehlendem Respekt faselt. "Die Dinge ändern sich. Wollen wir jetzt schauen, ob wir den Blog retten können?"

Grummelnd setzt er sich wieder.

Fertig mit den Ausreden!
Veröffentlicht: 28. Juni, 05.35 Uhr | Autor: Stefan Leuli |
147 Kommentare

Sehr geehrte Mitarbeitende

Wie Sie wissen, befinden wir uns in einem schwierigen wirtschaftlichen Umfeld und unsere Firma dümpelt darin vor sich hin, was ich nicht länger hinnehmen werde.

Es ist Zeit, dass Sie sich am Riemen reissen. Ich werde keine Aussagen wie: "Ich würde ja gern, aber ich kann nicht …", mehr dulden. An Ihnen liegt es, unsere Firma vorwärtszubringen.

Ich will, dass unsere Firma innerhalb eines Jahres Nummer eins unter den Fondsdienstleistern wird, mit

der Hälfte unserer Fonds im ersten Quartil. Ich will, dass
wir Nummer eins in der privaten und beruflichen
Vorsorge werden.

Machen Sie sich heute an die Umsetzung, nicht
morgen!

Ihr CEO
Stefan Leuli

"Was waren Sinn, Zweck und Zielgruppe dieser Kommunikation?", frage ich Leuli.

Im Bankenbereich wird der Begriff "Quartil", den er
erwähnt, übrigens normalerweise für eine Renditeverteilung
verwendet. Das erste Quartil ist der Bereich jener Fonds mit
der besten Performance, und jeder Fondsanbieter will möglichst viele seiner Fonds in diesem Bereich erscheinen
sehen. Dass die Hälfte der Fondspalette darin vertreten sein
soll ist jedoch ein völlig unrealistischer Wert.

"Die faulen Säcke sollen endlich aufwachen und etwas leisten."

Ich gehe die verschiedenen Kommunikationstheorien durch,
die ich kenne. Da Leuli ein Theoretiker ist, wäre das kein
schlechter Ansatz, um ihm etwas beizubringen. Anderseits
schaut er die Kommunikationswissenschaft als Mumpitz an,
so dass er kaum zuhören wird.

Ich überfliege die Kommentare.

"Schauen Sie sich das an! Die Feiglinge verbergen sich
hinter Pseudonymen!", wettert Leuli.

Eine Auswahl aus den Kommentaren (und nein, es sind
noch nicht einmal die schlimmsten):

death2admin (20.10 Uhr)
Wenn Sie uns endlich arbeiten liessen, statt über jeden
WC-Gang Rapport zu verlangen und uns mit
Verwaltungsaufwand die Zeit zu stehlen, kämen wir
vielleicht auch vom Fleck.

grungy_zxy (20.53 Uhr)
Von Tuten und Blasen keine Ahnung, aber einen auf
Despot machen.

sexy_hexy_69 (23.02 Uhr)
Gehen Sie zurück in Ihren Elfenbeinturm und lassen Sie
uns in Ruhe. Auf diese Art der Kommunikation
verzichten wir dankend.

virus555 (06.27 Uhr)
@Nik: Bitte stopp den Kerl! So was lassen wir uns nicht
bieten!

portfolio_trader_4_hire (07.42 Uhr)
Wenn wir eine vernünftige GL hätten statt eines
Haufens unfähiger Egomanen, müsste man sich auch
nicht mehr schämen, für diese Firma zu arbeiten.

fuck-bubi_ag@portfolio_trader_4_hire (07.44 Uhr)
Genau. Es wird Zeit, eine neue Stelle zu suchen.

portfolio_trader_4_hire (07.49 Uhr)
Mein Team hat Angebote von der Konkurrenz. Wer
mitkommen will, melde sich unter bubi.ag_sucks@…

fuck-bubi_ag (07.50 Uhr)
Ich bin sofort dabei. Wann gehen wir?

YR_SpammeR@portfolio_trader_4_hire (07.51 Uhr)
Nehmen die auch Sachbearbeiter?

fU2 (10.40 Uhr)
Als CEO weisst du ja nicht einmal, wie es an der Basis
aussieht, geschweige denn, wo sich unsere Offices
befinden.

Auf einige dieser Kommentare ist Leuli eingestiegen, was in wüste Beschimpfungstiraden ausartete.

"Falscher als Sie kann man sich online gar nicht einführen", sage ich schliesslich nur. "Ich schlage vor, Sie übergeben mir den Blog für einige Zeit. Sobald wieder etwas Normalität herrscht, verfassen wir dann die Antworten gemeinsam."

"In Ordnung." Er steht auf. "Ich habe sowieso nie viel von Ihrer Idee gehalten. Da sieht man, wo es hinführt, wenn man auf die Kommunikationsfritzen hört!"

"Ich wünsche Ihnen auch einen schönen Tag", rufe ich ihm nach. Eine Antwort erhalte ich natürlich nicht.

Ich hole mir die Passwörter für den Blog von Tinta und lasse Leuli als User sperren, damit er nicht noch weiteres Unheil anrichten kann.

Nach kurzem Überlegen verfasse ich die folgende E-Mail an alle:

Von: Nicolas Wydmer (16.15 Uhr)
An: Alle Mitarbeitenden Standort Schweiz
Cc: Stefan Leuli

**Re: Neustart Blog / Umwandlung in ein
Diskussionsforum**

Liebe Kolleginnen und Kollegen

Frisch aus meinen Ferien zurück, wende ich mich mit

einem Anliegen an Sie. Wie ich gerade gesehen habe, wurde während meiner Abwesenheit ein interner Blog eingerichtet, der durch seinen nicht optimalen Einsatz einen ungünstigen Start erlebte.

Gerne wurde ich dieser sehr nützlichen Kommunikationsplattform eine zweite Chance geben.

Der Blog wird in den kommenden Tagen neu als Diskussionsforum aufgesetzt und danach von mir betreut und verwaltet. Zukünftig soll das Forum Ihnen zur Verfügung stehen, um mit der Geschäftsleitung Themen, die Ihnen am Herzen liegen, zu diskutieren.

Bitte mailen Sie mir in den nächsten Tagen Ihre Fragen an die folgende E-Mail-Adresse foruminput@[...]. Dieser Input wird die Grundlage für die ersten Einträge ins Forum bilden. Später können Sie auch jederzeit direkt ins Forum posten.

Ich würde mich freuen, wenn wir gemeinsam das Forum zu einer nützlichen und informativen Austauschplattform entwickeln könnten, und freue mich auf Ihren Input.

Vielen Dank und freundliche Grüsse

Nicolas Wydmer
Leiter Kommunikation

Der Rest des Nachmittags verläuft ruhig. Am Abend gehe ich in die Yogastunde. Kaum habe ich mich auf einem meiner Lieblingsplätze eingerichtet (in der vordersten Reihe, entweder direkt beim Fenster oder der Wand), wird neben mir eine Matte ausgerollt.

"Hi, schön bist du wieder da", sagt eine Yogamaus zu mir.

Wahrscheinlich sollte ich hier etwas ausholen. Yogamäuse ist ein Ausdruck von Pavel. Woher er ihn hat, weiss ich nicht. Er wendet ihn auf alle möglichen Sportarten an (Rennmäuse, Joggingmäuse, Fitnesscentermäuse, Zumbamäuse ...). Damit meint er jene jungen gestylten Frauen, die einen Sport machen, weil er gerade trendy ist und dabei immer wie direkt aus dem Modeheft aussehen.

Im Yoga erkennt man die Yogamäuse normalerweise daran, dass sie beim Betreten des Raumes immer abchecken, wie viele sie beobachten und wer genau. Gibt es zu wenig Aufmerksamkeit, wird die Matte mit einem lauten Knall ausgerollt. Alle, die vor der Stunde noch kurz ein Power-nap halten, erleiden dabei jeweils fast einen Herzinfarkt. Eine Frau hat sogar einmal aufgeschrien, weil sie sich so erschreckte.

Angesichts dieser Definition ist es allerdings nicht fair, wenn ich die junge Frau auf der Matte neben mir als Yogamaus bezeichne. Sie gehört zu den ernsthaften und treuen Teilnehmern, die man daran erkennt, dass sie sich immer in den ersten beiden Reihen einen Platz suchen.

Richtet sie sich direkt neben mir ein, höre ich sie kaum. Sie trampelt barfuss auch nicht, im Gegensatz zu vielen anderen – darunter auch Yogalehrern.

"Ich hatte drei Wochen Ferien", erkläre ich.

"Das ist schön." Sie lächelt mir zu.

Sie ist nicht wirklich hübsch, aber sehr attraktiv. In ihrem Gesicht hat es nur klare Linien und es sammelt das Licht, wie ich es noch bei niemand anderem gesehen habe. Ihr Haar, das sie in einem Knoten trägt, ist goldbraun.

Sie beginnt damit, sich aufzuwärmen. Etwas scheint ihr wehzutun, denn sie zuckt bei verschiedenen Bewegungsabläufen zusammen.

168

Bald beginnt die Stunde.

Dienstag, 12. Juli, 8.30 Uhr

Meine E-Mail an alle trägt Früchte. Ich erhalte sehr guten Input für das Forum. In der Cafeteria klopft mir Nero Köhler kurz auf die Schulter und nickt mir zu.

Um neun Uhr dann beginnt die GL-Sitzung.

"Willkommen zurück, Nik!", begrüsst mich Tanner erfreut. Scarpetta zwinkert mir zu. Il Duce knurrt mich an. Zeeman scheint einen Hangover zu haben und zieht die Nase hoch. Oder spricht er nicht nur dem Alkohol, sondern auch dem Kokain zu?

Leuli kommt herein, gefolgt von Tommy Bum Bum (kein Kommentar), Froggy (mein Glückstag) und Cinque Bam (alles OK an dieser Front), den Leitern strategische Entwicklung England, Frankreich und Italien.

Leuli beobachtet mich aus schmalen Augen und tut vor seinen GL-Kollegen so, als hätten wir uns noch nicht wiedergesehen. "Willkommen zurück, Wydmer. Wo waren Sie eigentlich? Sie haben es mir noch gar nicht gesagt." Er hat auch nicht gefragt. Aber sein süffisanter Tonfall zeigt mir, dass er es schon weiss.

Ohne von meinem Laptop aufzuschauen, antworte ich: "Ich war im Kloster."

"Dort, wo wir für den Teambildungsevent waren?", fragt Tanner erstaunt.

"Ja."

"Ist das ein guter Ort für Ferien?" Tanner klingt echt interessiert.

"Wenn du Ruhe suchst schon."

"Ich glaub's nicht. Der Loser war im Kloster!" TBB scheint das zum Brüllen komisch zu finden. "Und? Wie geht es den ach so frommen Mönchen?"

Ich schaue in sein teigiges englisches Gesicht, das hunderttausend Bier früher vielleicht sogar einmal attraktiv war. "Sehr gut. Sie haben allerdings den Geruch nach sexsüchtigem Engländer noch immer nicht aus der Küche bekommen. Jetzt überlegen sie sich, das Gebäude abzureissen."

"You f...!" TBB springt auf.

"Tommy, sitz!", bellt Zeeman.

"His master's voice" funktioniert. TBB fällt auf den Stuhl zurück, als hätte ihm jemand die Beine weggekickt.

Ich sende ihm ein böses Grinsen und forme lautlos das Wort: "Wuff!", mit meinen Lippen.

TBB knirscht mit den Zähnen.

Die Sitzung schleppt sich dahin. Ich beginne auf dem iPad ein Game mit Tinta. Plötzlich kommt eine Instant Message von TBB.

got@wyn (09.39 Uhr) Ich sage der GL, was du tust, wenn du mich nicht mitspielen lässt.

Ich weise Tinta per Instant Message an, ihm einen temporären Login zu senden. Bald passiert, was ich erwartet habe:

TBB erzielt einen neuen Highscore und sein Mobiltelefon klingt plötzlich wie ein Karussell.

Leuli sendet ihm einen Wenn-Blicke-töten-könnten-Blick. "Sie haben nichts Gescheiteres zu tun, während wir die Entwicklung des internationalen Marktes – IHRES Marktes – besprechen, als zu gamen?", fragt er trügerisch milde.

"Er spielt auch mit!" Getreu seinen Ruf als "sneaky English bastard" zeigt TBB auf mich.

Tanner dreht mein Tablet und meinen Laptop zu sich herum, während Scarpetta mit einer beiläufigen Geste sein eigenes Game auf dem iPad schliesst.

"Hier ist nichts." Tanner geht auf beiden Geräten durch die verschiedenen Fenster. "Das Protokoll, Niks Mailbox. Alles sauber."

TBB fixiert mich über den Tisch hinweg. Er weiss, dass ich ihn hereingelegt habe. Er vergisst immer, den Sound abzustellen.

Bald muss er als erster der Marktverantwortlichen rapportieren. Die Lage in England ist alles andere als berauschend. Nach dem milden Kurs in der Vergangenheit reagiert die GL erstaunlich kühl darauf. Vielleicht ist sie TBBs ewige Ausflüchte auch leid.

Dann ist es an Froggy zu berichten. Er ist dabei, in Frankreich beachtliche Resultate zu liefern aufgrund einer Initiative zur Gewinnung von institutionellen Kunden. Seine Zahlen sind besser als budgetiert, was der GL ein wohlgefälliges Nicken entlockt.

Cinque Bam schlägt sich auch tapfer in Italien. Dort ist es aufgrund der prekären Wirtschaftslage im Moment schwierig,

Geschäfte zu machen. Cinque Bam ist es jedoch gelungen, ein Vertrauensverhältnis zu wichtigen institutionellen Kunden aufzubauen, und kann so immer noch Neugeld hereinholen.

Froggy und Cinque Bam werden weggeschickt, TBB muss noch bleiben.

"Wir sind erstaunt", beginnt Leuli. "Sie sind auf die besten Schulen von England gegangen, haben ein Netzwerk, um das man Sie nur beneiden kann, und trotzdem schaffen Sie es nicht, unsere Produkte zu verkaufen. Woran liegt das?"

"Daran, dass die Produkte für den englischen Markt nicht zu brauchen sind. Ebenso ist das Marketingmaterial schlecht."

Leuli nickt nachdenklich, greift dann zum Hörer. "Wir sind soweit", sagt er nur.

Inzwischen begreife selbst ich, dass etwas Ausserordentliches vor sich geht.

Es klopft an die Tür und Nero Köhler, der Leiter HR, tritt ein.

Leuli wendet sich an TBB. "Als Leiter Strategische Entwicklung England besetzen Sie eine der wichtigsten Funktionen unserer Firma. Sie operieren weitestgehend selbständig und sind somit praktisch einem GL-Mitglied gleichgestellt. In dieser Position ist es unerlässlich, dass wir Ihnen zu einhundert Prozent vertrauen können."

"Das können Sie auch", wirft TBB ein.

"Nein, offenbar nicht. Nils?" Leuli nickt Nils Zeeman, dem Spartenleiter International und somit Tommys Chef, zu.

172

"Wie du weisst, Tommy, habe ich dich schon zwei Mal mündlich auf die Einhaltung unseres Spesenreglements hingewiesen. Leider umsonst."

TBB will aufbegehren.

Zeeman stoppt ihn mit einer Handbewegung. Er ruft ein Dokument auf seinem iPad auf und beginnt, eine Liste herunterzulesen.

"Dazu kommt noch, dass du den Veranstalter für deine Events gewechselt hast, so dass sie jetzt doppelt so viel kosten wie zuvor. Der neue Veranstalter hat keine nennenswerten Qualifikationen. Das veranlasst uns zu der Spekulation, weshalb du ihn gewählt hast."

Wir alle starren TBB an.

TBB starrt zurück. "Wir haben zusammen studiert. Er stammt aus einer guten Familie und weiss, was sich für einen Event für die englische Elite gehört. Mit solchen Prolo-Events wie in der Schweiz kann ich in England nicht arbeiten."

"Wenn die Events so gut auf das Zielsegment zugeschnitten sind, weshalb verkaufst du dann keine Fonds?", lässt Zeeman nicht locker.

"Wie oft soll ich es noch sagen: weil eure Produkte Scheisse sind und die Dokumentationen dazu gleich doppelt!"

Leuli räuspert sich. Seine Miene ist steinern. "In diesem Fall nehmen Sie bitte von zwei Tatsachen Kenntnis, Herr Goodwinter. Erstens sind Sie hiermit aufgrund Ihres Spesenmissbrauchs verwarnt. Sie werden die Verwarnung schriftlich erhalten, und sie wird in Ihrem Personaldossier abgelegt. Sollten Sie nochmals gegen das Spesenreglement verstossen, ganz egal ob minimal oder gravierend, hat dies die fristlose Entlassung zur Folge. Verstehen Sie das oder muss ich es Ihnen auf Englisch übersetzen?"

Während die Röte in Tommys Wangen steigt, ändert sich auch sein Gesichtsausdruck. Er sieht jetzt aus wie ein Gast im Nobelrestaurant, der auf seinem Foie gras zwei Cha-Cha-Cha tanzende Kakerlaken entdeckt.

"Ich verstehe Sie", würgt er hervor.

"Zweitens haben Sie bis zum 22. Juli abends Zeit, die folgenden Dokumente zu erstellen und der GL per E-Mail einzureichen: Erstens, eine Spezifikation, welche Elemente es für einen Event der englischen Upperclass braucht. Zweitens, eine Spezifikation, wie ein Finanzprodukt aufgesetzt sein muss, damit es sich für den englischen Markt eignet. Drittens, eine Spezifikation, wie Produktdokumentationen aufgesetzt sein müssen, damit sie sich für den englischen Markt eignen. Jede dieser Spezifikationen ist bis ins kleinste Detail zu erstellen, sozusagen bis auf die Ebene des einzelnen Häppchens. Verstehen Sie mich oder muss ich Ihnen das auf Englisch übersetzen?"

TBBs Gesicht wird pflaumenrot. "Ich verstehe Sie."

"Möchten Sie Ihre üblichen Ausflüchte anbringen?"

"Nein."

"Dann gehen Sie jetzt."

Die restliche GL-Sitzung zieht an mir vorbei, ohne dass ich viel mitbekomme. Ich kann es kaum glauben: zuerst Il Duces Fall und jetzt TBBs Verwarnung. Gibt es in Unternehmen doch so etwas wie Gerechtigkeit?

Mittwoch, 13. Juli, 12.40 Uhr

Über Mittag gehen Pavel und ich zum ersten Mal wieder joggen. Wir machen ganz langsam.

Wie zu Beginn unseres Mittagssports überholen uns wieder die alten Leute mit den Rollatoren, aber wir kommen bis zur Werft für die grossen Zürichseeschiffe.

Auf dem Rückweg suchen wir uns auf der Landiwiese einen hübschen Fleck Rasen und setzen uns.

Pavel wischt sich den Schweiss von der Stirn. "Ich hab's dir noch gar nicht erzählt, aber am Montagabend waren Ellie und ich als Dankeschön mit dem jungen Paar essen, das dir bei der ersten Hilfe assistiert hat. War schon seltsam. Sie kannten mich, aber ich sie nicht."

Ich kann es mir vorstellen.

"Sie lassen dich grüssen. Sie waren ziemlich begeistert, wie ruhig du reagiert hast. Ellie scheint sie zu mögen. Vielleicht treffen wir uns bald wieder."

Pavel ist dabei, die Angst aus seinem System rauszuarbeiten, deshalb ist es nicht nötig, dass ich etwas erwidere.

"Das mit TBB kann ich immer noch nicht fassen. Kann es wirklich sein, dass er sein Fett abbekommt? Unglaublich!"

So geht es weiter, bis es Zeit für den Rückweg ist. Pavel traut sich bereits etwas mehr zu. Kurz bevor wir wieder bei der Firma sind, frage ich ihn, ob er die Flags auf TBB angesichts der neuen Situation entfernt.

Pavel grinst böse. "Nein. Wenn er Fehler macht, dann jetzt."

Am Nachmittag besprechen wir mit Thomas Tanner, dem Spartenleiter Support und Logistik, den vorläufigen Untersuchungsbericht des Virenangriffs. Die Geschichte ist traurig, deshalb fasse ich sie hier kurz zusammen, obwohl sie noch Jahre nicht abgeschlossen sein wird.

Eine der Personen, die von Duca beim Stellenabbau hinausgeworfen wurde, engagierte einige Computerfreaks. Ducas Heim-PC wurde infiziert im Wissen, dass er immer wieder Daten zwischen dem Firmen- und Heimsystem austauscht.

Die Sache wird Prozesse, Schadenersatzforderungen und Gefängnisstrafen nach sich ziehen. Familien und Leben werden zerstört werden. Und das alles nur, weil Duca ein verantwortungsloser, macht- und geldgieriger Aasgeier ist.

Freitag, 15. Juli, 22.11 Uhr

Nach dem Yoga komme ich nach Hause, dusche, ziehe mir bequeme Kleider an und mache mich an ein Projekt, das ich mir im Kloster vorgenommen habe: Ich räume meine Wohnung auf.

Nun ist es nicht so, dass ich in einem Saustall hause. Aber mir geht es gleich wie Eltern, deren Kinder ausgezogen sind. Die Kinder nehmen ihre guten Sachen mit. Den Rest lassen sie da mit dem vagen Versprechen, ihn abzuholen, wenn dann mal Platz ist.

Um halb elf klingelt das Telefon. Es ist Pavel.

"Was machst du gerade?"

"Ich miste aus."

Am anderen Ende der Leitung verändert sich etwas. "Schmeisst du dein Zeug weg, damit du ins Kloster kannst?"

"Nein, ich werfe dein und Ellies und Lenis Zeug weg – damit es weg ist."

Nun klingt Pavel erstaunt. "Wir haben noch Sachen bei dir?"

Das bedarf keiner Antwort.

"Kann ich dir helfen? Ich kann gleich rüberkommen", offeriert er.

"Pavel, was ist los?"

Er druckst herum. "Nun, Ellie und ich haben Krach. Nichts Schlimmes, aber wir müssen uns ein paar Tage aus dem Weg gehen, damit sich jeder in Ruhe wie ein Vollidiot fühlen und schämen kann. Ich dachte, ich könne vielleicht bei dir untertauchen."

"OK. Du weisst, wo ich wohne." Ich hänge auf.

Zehn Minuten später ist Pavel da. Von Höngg ist es nicht weit bis zu mir, selbst an einem Freitagabend.

"Ellie sendet dir ihre Liebe und den Auftrag, mich unauffällig zu ermorden. Danach kann sie dich heiraten und hätte viel weniger Probleme", begrüsst er mich.

Ich ziehe eine Braue hoch.

"Worauf ich erwiderte, dass ein flotter Dreier einfacher zu arrangieren wäre."

Ich ziehe die zweite Braue hoch. "Ich weiss nicht. Im Moment scheint mir der Mord attraktiver."

Pavel stellt seine Sporttasche hin. "Tu dir keinen Zwang an. Wo ist das Gerümpel?"

Das Feng-Shui-Zimmer – jenes Zimmer, in dem wir uns alle immer so wohlgefühlt haben – ist meine Rumpelkammer. Pavel schaut in die Schränke, auch alles so Reliquien, die niemand mitgenommen hat.

"Oh, Mann. Ich habe nicht gewusst, dass du das alles noch hast. Weshalb gerade jetzt die Aufräumwut?"

Kaum hat er es gesagt, schlägt er sich an die Stirn. "Entschuldige die blöde Frage. Was willst du genau machen?"

"Fast alles wegwerfen, auch die Schränke. Danach das Zimmer streichen und neu einrichten."

Pavel reibt sich die Hände. "Machen wir doch."

Samstag, 16. Juli

Wir haben eine Freinacht eingelegt und uns mit einem reichhaltigen Frühstück gestärkt. Bis auf einen einzigen Umzugskarton ist das Feng-Shui-Zimmer jetzt leer.

Pavel hat die Familienkutsche dabei. Nimmt man alle Rücksitze raus, hat man einen Kleinlaster. Wir fahren zu den Caritas-Containern, zur Brockenstube sowie zur Kehrichtverbrennungsanlage, wo wir das Sperrgut loswerden.

Danach geht es ins Do-it-yourself-Center. Für die Wände nehmen wir reines Weiss sowie ein sanftes, helles Café-au-lait-Braun. Für das Parkett kaufen wir eine spezielle Reinigungs-/Auffrischungslösung.

178

Im Wohnst-du-schon-Möbelladen finde ich zwei schöne schneeweisse Regale, einen beigen Teppich, eine Deckenleuchte und eine Standlampe.

In einem weiteren Möbelladen kommen ein bequemer Liegesessel und ein Beistelltisch dazu, die Pavel mir schenkt – als vorgezogenes Geburtstagsgeschenk, wie er behauptet.

Am frühen Nachmittag decken wir den Boden ab und beginnen damit, die drei Meter hohe Decke zu streichen. Pavel bedient die Farbrolle. Ich stehe auf der Leiter und male die Stuckaturmotive von Hand nach.

Da die Verwaltung die Wohnung neu streichen liess, als ich sie allein übernahm (gegen eine entsprechende Mieterhöhung natürlich), ist es zum Glück nicht nötig, alle Flächen runterzuwaschen.

Es ist kaum zu glauben, aber am Abend sind wir fertig. Auch alle Wände haben ihre neue Farbe: zwei tragen das zarte Café-au-Lait-Braun. Die Fensterwand sowie die Wand mit der Zimmertüre strahlen in Weiss, damit der Raum optisch grösser wirkt.

"Wow, sieht das toll aus. Morgen machen wir das Parkett. Bis am Abend sollte dann alles trocken sein, so dass wir die Sockelleisten wieder anbringen und die Möbel aufstellen können."

Wir bestellen uns Pizza, schieben Leonard Cohen in den CD-Player und legen die Beine hoch.

Nach dem Essen koche ich uns eine Kanne Gewürztee.

Pavel nimmt die Fotos aus der Umzugskiste. Wir schauen sie uns an. Es sind Schnappschüsse aus der Zeit, als wir die

Wohnung zu viert bewohnten. Wir sind alle ein Jahrzehnt und mehr jünger.

Gefühle begleiten diese Reise in die Vergangenheit. Wir lächeln, grinsen oder lachen auch laut heraus. Einige Tränen rollen aus Augenwinkeln, und es gibt auch Aufnahmen, die so traurig sind, dass wir sie nur stumm betrachten können.

Schliesslich nimmt Pavel ein Foto, auf dem wir zu viert herumblödeln. Der Selbstauslöser amtierte als Fotograf.

"Etwas hat mich immer erstaunt. Du warst der jüngste von uns, aber du hattest immer schon die ältesten Augen." Er gibt mir das Bild.

Ich weiss, was er meint.

"He, wir sollten jetzt ein Foto von uns machen."

Er schnappt sein Smartphone, rückt neben mich und drückt den Auslöser.

Bald darauf fallen uns die Augen zu und wir gehen schlafen.

Sonntag, 17. Juli, 21.35 Uhr

Pavel ist auf dem Nachhauseweg. Ich stehe im Feng-Shui-Zimmer und schaue mich um. Es sieht grossartig aus und ich fühle mich gut – viel besser als erwartet.

In meinen Händen halte ich einen A5-grossen Bilderrahmen mit einem Foto von uns vieren. Damals, nachdem die anderen ausgezogen waren, packte ich es mit den anderen Erinnerungen weg.

Jetzt wische ich Glas und Rahmen mit Fensterreiniger sauber und stelle es in meinem Wohnzimmer auf ein hüft-hohes Regal.

Es sieht gut aus dort und ich erkenne, dass sich jeder Kreis einmal schliesst.

Woche 28

Montag, 18. Juli, 7.30 Uhr

Seltsam. In Mostkopfs ehemaligem Büro laufen Renovations-
arbeiten. Der ganze Raum wurde leergeräumt. Handwerker
sind dabei, den Teppich herauszureissen. (Der Geruch nach
faulenden Bohnen ging nie ganz raus.)

Eine Stunde nach Arbeitsbeginn besucht mich Thomas
Tanner in meinem Büro. Während meiner Zeit als Online-
Chef war er nie bei mir oder meinem Team, aber ich konnte
zu ihm eskalieren, wenn mein eigentlicher damaliger Chef –
der Leiter Marketing – nicht verfügbar war aufgrund seiner
schwerwiegenden Herzprobleme.

"Guten Morgen, Nik. Hast du einen Moment Zeit?"

"Reicht eine halbe Stunde? Heute kommt das Fernsehen für
ein Interview mit Romano Scarpetta."

"Ja." Er geht zu meinem Besprechungstisch. "Darf ich?"

Ich bedeute ihm, sich zu setzen, suche Notizblock und Stift
und nehme ihm gegenüber Platz.

"Ich möchte dich um einen Gefallen bitten, Nik. Ich habe
eine neue Leiterin Marketing verpflichtet. Fachlich ist sie
top, aber ich mache mir Sorgen wegen der nicht so freundlichen Elemente in dieser Firma. Wärst du bereit, sie unter
deine Fittiche zu nehmen?"

"Wie stellst du dir das vor?"

"Innerhalb der Firma verkaufen wir eure Zusammenarbeit als Initiative zur integrierten Kommunikation gegenüber Mitarbeitenden und Kunden, was sie tatsächlich auch sein soll. Als Zweitaufgabe passt du ein wenig auf sie auf."

Mir kommen tausend Einwände in den Sinn, weshalb das eine blöde Idee ist. "Du musst dir ziemlich sicher sein, dass das klappen könnte. Weshalb?"

"Claire Rieker – so heisst die neue Marketingchefin – ist mein Patenkind. Ich war erst sechzehn, als sie zur Welt kam, und sie hat als Kind immer so getan, als wäre ich ihr älterer Bruder. Ich kenne sie also sehr gut." Tanner grinst, als er sich an die Zeit erinnert. "Leuli weiss es übrigens. Wir haben Claires Anstellung im Detail diskutiert."

"Und Leuli findet es gut, wenn sie ausgerechnet mit mir zusammenarbeitet? Ich habe das Gefühl, er kann mich immer weniger leiden."

Tanner klopft mit den Fingerspitzen auf die Tischplatte und weicht meinem Blick aus. "Als er dich zum Kommunikationschef machte, war er überzeugt, dass er mit dir einen einfach zu managenden Ja-Sager bekommt. Ich führte deine Qualifikationen auf, aber er wollte nicht auf mich hören. Du kennst ihn ja: Sein grösster Fehler ist zu glauben, dass er alles besser weiss."

Darauf gibt es keine sichere Erwiderung. Ich warte ab.

"Und da bist du nun. Ein Experte deines Fachs, integer und in der Firma ausserordentlich beliebt. Die Mitarbeitenden vertrauen dir. Stefan hat einen Teil der Kontrolle verloren und das kann er gar nicht leiden. Aber mach dir keine Sorgen deswegen. Früher oder später regt er sich ab."

"Wann?"

"Wenn ein neuer Usurpator die Bildfläche betritt und deine Rolle übernimmt. Auch jedes GL-Mitglied musste da durch und wir haben alle überlebt."

"Und du denkst, dass Frau Rieker und ich miteinander auskommen?"

Tanner betrachtet mich lange. "Ich glaube ja. Selbst wenn du sie nicht wirklich magst, solltest du ihre beruflichen Qualifikationen achten können. Sie war bei einer karitativen Organisation als Leiterin Marketing tätig. Dort hat sie ihre Arbeit so gut gemacht, dass am Ende nicht mehr jeder zweite, sondern nur noch jeder dritte Spendenfranken in die Werbung floss."

Das ist tatsächlich ein erstaunlicher Leistungsausweis.

"Was erwartest du genau von mir bezüglich Coaching?" Die integrierte Kommunikation ist kein Problem. Dort weiss ich, was nötig ist.

"Verschaff ihr die Zeit, sich ein realistisches Bild unserer Welt zu machen. Insbesondere möchte ich nicht, dass sie unter Ducas prägenden Einfluss gerät."

Mein Entschluss ist gefällt. "In Ordnung. Ich mache es. Wann fängt sie an?"

"Nächste Woche."

"Wie ist das möglich?"

"Sie hat vor etwas mehr als einem halben Jahr bei der NGO gekündigt, um per Anfang September eine neue Stelle bei einem Industriekonzern anzutreten. Dort machen sie nun Stellenabbau und haben ihr mitgeteilt, dass sie gar nicht erst kommen muss. Deren Verlust – unser Glück."

Tanner steht auf. "Danke, Nik. Ich trage dir die Termine für die Koordinationsmeetings ein."

Dienstag, 19. Juli, 10.42 Uhr

In der GL geht es rund. Leuli ist am Toben.

Der Grund: Die Teambildungsevents laufen nicht wie vorgesehen. Das Direktionskader ist mehr oder weniger geschlossen (Abwesende wie mich ausgenommen) in einen Streik getreten, nachdem der Event vom 1. Juli offenbar eine totale Katastrophe war.

Dem Latrinenkanal zufolge war es ein Tanz-dich-frei-Event, bei dem die Veranstalter offenbar mehr als nur Räucherstäbchen abbrannten. In der Folge geriet der Event zur Sex- und Alkohol-Orgie und es wurden diverse Klagen wegen sexueller Belästigung und Körperverletzung eingereicht.

"Ihr habt eure Leute so was von nicht im Griff!", brüllt Leuli. "Schaut euch das an." Er wedelt seinen iPad durch die Luft. "Niemand hat sich für den kommenden Event angemeldet. Es gibt keinen einzigen Namen auf der Liste. Wie kann das sein?"

"Frag doch Wydmer", giftet Il Duce. "Dein Kommunikationschef hat sich ja offensichtlich auch nirgends angemeldet."

Bei Leuli beginnt die Ader an der Stirn zu pochen. "Er muss sich nicht anmelden. Er ist aufgrund seiner Funktion für jeden Anlass gesetzt, es sei denn, er ist in den Ferien."

Ich kann nur mit Mühe ein Aufatmen unterdrücken. Gerettet durch einen Prozess, den ich selbst noch nicht verstanden habe. Andererseits: Heisst das, ich bin bei den kommenden Events allein mit dem Veranstalter?

Tanner räuspert sich. "Stefan, ich habe zu diesem Thema etwas Wichtiges zu sagen."

"Wenn es denn sein muss!", grollt der CEO.

Tanner rückt in seiner üblichen umständlichen Art einen Stapel Papiere zurecht. Mir fällt wieder einmal auf, dass man in informeller Umgebung gut mit ihm debattieren kann, während er in formellen Sitzungen zum verstaubten Beamten mutiert.

"Wie euch sicher allen bewusst ist, sind Vorwürfe wegen sexueller Belästigung ein beträchtliches Reputationsrisiko und für eine anständig geführte Firma nicht tolerierbar. Nero Köhler, Rudolf Reinherr und ich haben deshalb den Vertrag mit Peacemaker Enhanced Trainings Ltd. unter die Lupe genommen, die Vereinbarung aufgrund der gravierenden Vorfälle fristlos gekündigt und Rechtsfolgen angedroht. Reinherr ist derzeit dabei, die Klage auszuarbeiten."

Leuli klappt der Mund auf. "Was fällt dir ein ..."

Tanner fällt ihm nervös, aber resolut ins Wort. "Ist das Wohlergehen dieser Firma aufgrund von Rechtsverletzungen irgendwelcher Art akut bedroht, so übersteuern die Entscheidungen des Leiters Legal die Entscheidungen aller anderen Angestellten oder Gremien dieser Firma – inklusive die des CEOs."

Er räuspert sich. "Ist sichergestellt, dass kein GL-Mitglied in die Rechtsverletzungen involviert ist, handelt der Leiter

Legal in Rücksprache mit dem Leiter des betroffenen Bereichs. Klagen wegen sexueller Belästigung betreffen HR. Ich bin der zuständige Spartenleiter. Reinherr handelt in Absprache mit mir."

Tanner legt seine Unterlagen weg. "Sind alle dringlichen, unmittelbaren Schritte zur Eindämmung des Reputationsrisikos gemacht, hat der Leiter Legal eine ausserordentliche GL-Sitzung einzuberufen, entweder persönlich oder über den betroffenen Spartenleiter – eine Aufgabe, der ich hiermit nachkomme. Die ausserordentliche GL-Sitzung wird auf morgen, 14.00 Uhr, festgesetzt. Der Termineintrag erfolgt in diesen Minuten. Ich bitte euch, eure anderen Termine zu verschieben."

Scarpetta, das dienstjüngste GL-Mitglied, reagiert am schnellsten. "Du beziehst dich auf eine Weisung, richtig?"

"Ja." Tanner gibt ihm seine Kopie.

Scarpetta blättert sie durch. "Ich erinnere mich nicht, diese bei meinem Stellenantritt gesehen zu haben. Kann das sein?"

"Wenn nicht, war es ein Versehen. Das ist eine unserer fünf vertraulichen Notfallweisungen für die GL und den VR."

Scarpetta überfliegt das Rationale. "Entstanden aufgrund eines Betrugsfalls, in den zwei frühere GL-Mitglieder involviert waren."

Zeeman nickt. "Mein Vorgänger und dein Vor-Vorgänger. Heute wird nur noch selten darüber gesprochen. Es gab beträchtliche Veränderungen in unseren Bereichen. Ich selbst musste noch sehr viel aufräumen und wieder aufbauen."

Scarpetta schaut seine Kollegen und auch mich der Reihe

nach an. "Ich bin nicht bereit, in einer Firma zu arbeiten, die sexuelle Belästigung oder auch Körperverletzung toleriert. Thomas und Rudi haben aus meiner Sicht absolut richtig gehandelt."

Niemand widerspricht.

"Richtig vielleicht schon, aber in der Art von Verrätern!", grollt Leuli. "Wie könnt ihr mir nur so in den Rücken fallen! Fehlt nur noch, dass ihr unseren unnützen VR involviert."

"Ich hätte es gerne anders gemacht, aber wenn es um die Teambildungsevents geht, stellst du dich seit Monaten taub."

Leuli räumt seine Unterlagen zusammen und knallt seinen iPad zuoberst darauf. "Wie dem auch sei. Tut, was ihr nicht lassen könnt. Ich habe genug für heute. Wir können das restliche Business morgen Mittwoch besprechen."

Einer nach dem anderen trollt sich.

Nur Zeeman bleibt sitzen. "Sag mal, Nik. Wegen meinem Medientraining, das im April wegen des ganzen Consultant-Trallalas ausgefallen ist. Hast du bald einmal Zeit? Ich will das auch können, was du Scarpetta und Tanner beigebracht hast."

Wir vereinbaren einen Termin für Freitagnachmittag.

Ich gehe erst sehr spät zum Mittagessen, weil mich eine Anfrage von Journalisten zu einer unserer Liegenschaften aufhält. Da der Besitz dieser Liegenschaft durch unsere Firma in der Öffentlichkeit umstritten ist, müssen solche Medienanfragen immer sofort und mit grösster Sorgfalt beantwortet werden.

Die Kantine ist praktisch leer. Die ältere Frau, die uns das Essen schöpft, lächelt mich an und gibt mir eine grosse Portion.

Ich setze mich auf die Terrasse unter den Dachvorsprung. Der Hochsommer hat kategorisch beschlossen, dass es Zeit ist für eine Pause. Seit gestern Abend regnet es in einem fort und gemäss Wetterbericht soll es wochenlang so bleiben.

"Möchtest du allein essen oder ist Gesellschaft OK?"

Ich schaue auf. Es ist Nero Köhler.

"Ist OK, setz dich."

"Schwierige GL-Sitzung?"

Ich nicke. "Wie viele Klagen und Beschwerden sind eigentlich eingegangen?"

"Acht Beschwerden und fünf Klagen wegen sexuellen Übergriffen, sowie drei Klagen wegen Körperverletzung – dies bei sechzehn Teilnehmern."

"Aua."

Wir essen schweigend.

"Ich habe gehört, du warst im Kloster in den Ferien", meint Köhler, nachdem wir etwa die Hälfte unserer Portionen gegessen haben.

"Das ist richtig."

"Hattest du keine Lust, in die Ferne zu schweifen? Mit drei Wochen kann man so einiges anstellen."

Das ist eine berechtigte Frage. Ich schüttle den Kopf. "Als Senior Product Manager war ich seinerzeit etwa die Hälfte meiner Zeit auf Reisen."

Meine Anzüge und Hemden stammen aus jener Zeit. Massgeschneidert in Asien, Italien und England. Schuhmacher in Mailand und Wien bewahren immer noch meine persönlichen Leisten auf und schreiben mir jedes Jahr Weihnachtskarten.

"Du warst mal Senior Product Manager?" Köhler ist erstaunt.

"Ja, in einem anderen Leben."

Er respektiert die Warnung. "Was hat deine Reiselust getrübt?"

"Als ich mit dem Reisen begann, unterschieden sich die Städte weltweit. Heute findest du durch die Globalisierung überall den gleichen Einheitsbrei, nur die Preise unterscheiden sich noch."

Er nickt. "Ich weiss, was du meinst. Als ich klein war, brachte mir mein Vater eine Maneki-neko aus Japan mit. Das ist eine dieser winkenden Katzenstatuen. Alle meine Freunde waren fasziniert. Niemand sonst hatte so etwas. Heute kannst du sie problemlos hier in Zürich wie auch überall auf der Welt kaufen. Und so, wie sich der Kommerz vereinheitlicht, vermischen sich auch die Kulturen."

Wir bringen unsere Tabletts zurück und holen uns Tee.

"Was ist im Kloster der Reiz?"

Ich erzähle ihm von der Stille und wie ich bei der Sanierung der alten Kapelle mitgeholfen habe.

190

Nero scheint beeindruckt. "Gehst du im Herbst auch wieder hin?" Als Leiter HR weiss er, dass ich zu sechs Wochen Ferien verdonnert worden bin.

"Ja. Hast du auch noch Ferien?"

"Ja. Ich fliege übers Jahresende für vier Wochen nach Australien. Ich habe Familie dort in der Nähe von Brisbane."

"Warst du schon öfter da?"

"Insgesamt drei Mal und es waren immer ganz tolle Ferien. Wir tauchen, surfen und reisen herum."

"Klingt gut."

"Ja, kann man sich bei dem Wetter gar nicht vorstellen."

Der Nieselregen wird zu einer Sturzflut, die auch vom Vordach der Terrasse nicht mehr abgehalten werden kann. Wir flüchten nach drinnen.

Mittwoch, 20. Juli, 18.50 Uhr

Die ausserordentliche GL-Sitzung lässt sich einfach zusammenfassen: im Westen nichts Neues.

Leuli hat bereits einen neuen Veranstalter für die Teambildungsevents verpflichtet und dabei ziemlich sicher genau den gleichen Fehler wie beim ersten gemacht.

Ich vertreibe mir die Zeit während der endlos langen Sitzung durch stille Kontemplation eines Bullshit-Bingo-Begriffs.

Leuli, der immer noch sehr ungehalten ist, benutzt derzeit mit Vorliebe den Begriff "Schnäuze", wenn er von Direktionsmitgliedern spricht. Nun ist dieser Begriff ganz offensichtlich männlich und eignet sich nicht zur Bezeichnung weiblicher Direktionsmitglieder.

Ich suche deshalb den passenden weiblichen Begriff dazu. Busen? Vielleicht. Titten? Nein, eher nicht, falsches linguistisches Register.

Schnauz = männliches Geschlechtsattribut, erzeugt durch selektive Rasur der Gesichtsbehaarung. Andererseits haben einige unserer Direktorinnen durchaus Schnäuze.

Lackierte Fingernägel? Nein, auch nicht. Das ist ein künstliches, von der Gesellschaft als weiblich definiertes Geschlechtsattribut.

Schnattertante? Nein, negativ konnotiert. Wobei Schnäuze und Schnattertanten die von vielen Management-Gurus so favorisierte Alliteration nutzen würde.

Zöpfe? Würde passen, ist aber altmodisch, ein alter Zopf sozusagen.

"Wydmer!", bellt Leuli.

Ich schrecke auf.

"Hören Sie auf herumzuträumen."

"Ich bin nicht am Träumen, sondern am Protokoll. Mir fällt das weibliche Äquivalent von 'Schnauz' nicht ein."

Einen Moment lang wird es still, dann lachen alle ausser Leuli und Duca los, wobei Leuli ein sehr seltsames Gesicht zieht.

Er schaut auf die Uhr. "Ich schlage vor, dass wir für heute Schluss machen. Dem produzierten Unsinn nach zu urteilen, müssen die Jüngeren unter uns ins Bett."

Ich mag mich täuschen, aber ich glaube er nimmt mich gerade auf den Arm.

Scarpetta, der wirklich müde aussieht, unterdrückt ein Gähnen. "Genau. Ich bin seit fünf Uhr morgens auf den Beinen."

Leuli winkt uns weg. Sein: "Einen schönen Abend noch!", klingt nicht einmal so unfreundlich.

Freitag, 22. Juli, 7.40 Uhr

Das Wetter hat beschlossen, heute den Tag der Sintflut anzusetzen. Es giesst in Strömen.

Ich bin allen Ernstes mit einer Wetterschutzjacke, einem riesigen Schirm, Jeans und Gummistiefeln ins Büro gekommen. Die Jeans gehören zum Casual Friday. Die Gummistiefel tausche ich im Office gegen ein Paar Sneakers ein, die ich im Rucksack mitgetragen habe. Alles ist klamm von der Luftfeuchtigkeit.

Nach einer Viertelstunde schaut Pavel bei mir im Office vorbei. "Wagen wir es trotzdem mit dem Joggen? Ich habe seit neustem eine dieser atmungsaktiven Jacken wie du. Die schwulen Laufhosen hast du ja schon gesehen."

Ich muss lachen. Da er inzwischen so viel abgenommen hat, passt Pavel die farbenblinde Grunge-Kleidung aus seiner Anfangszeit als Jogger nicht mehr. Ellie hat ihm daraufhin ein Outfit aus atmungsaktivem Hightech-Material gekauft.

193

Es besteht aus Leggings, einem T-Shirt ohne Ärmel und offenbar auch aus einer Jacke. Insbesondere mit den Hosen tut Pavel sich schwer.

Unseren "Sieht man etwas?"-"Nein."-"Sieht man wirklich nichts?"-"Nein, wirklich nicht."-Dialog hätte man als Comedy verfilmen können.

Trotz Hightech-Material kommen wir völlig durchnässt vom mittäglichen Jogging zurück.

Als ich mich in meinem Sekretariat für das Medientraining mit Zeeman abmelde, schauen die Mädchen mich mit offenen Mündern an.

"Wow, Nik, du solltest deine Haare immer so tragen", sagt meine Assistentin Daniela.

Ich kann es mir etwa vorstellen. Wenn sie an der Luft trocknen, muss ich sie eigentlich auskämmen und mit Stylingprodukten zähmen, aber dafür war heute einfach keine Zeit.

Das Medientraining mit Zeeman macht Spass. Er mag mit dem Aussehen einer teigigen Schlaftablette gesegnet sein, aber wenn er loslegt, hat er das Talent zum Schauspieler.

Er weiss auch das meiste schon und kann sich vor der Kamera gut darstellen. Mit ihm muss ich an der Authentizität arbeiten. Er tendiert dazu, in verschiedene Rollen zu schlüpfen und diese innerhalb des Interviews zu wechseln, was ein unglaubwürdiges Gesamtbild ergibt.

Zuerst versteht er gar nicht, was ich ihm beibringen will. Als wir dann die Probeaufnahmen betrachten, erkennt er das Problem.

Wir arbeiten daran, auch mit Hilfe seiner Assistentin. Mit ihr komme ich nicht so aus und die Interaktion zwischen ihr und Zeeman ist eher holprig. Rechtzeitig zum Feierabend haben wir trotzdem einige gute Durchläufe. Zeeman bedankt sich bei mir für die Schulung.

Er verschwindet Richtung Birmensdorf. Ich ins Yoga.

Und so neigt sich meine achtundzwanzigste Woche in diesem Höllenjob dem Ende zu. Vor kurzem ist das passiert, was im Business eigentlich nie geschehen darf: Meine Maske ist zerbrochen und ich habe Schwäche gezeigt – bisher seltsamerweise ohne Konsequenzen.

Ich traue dem Frieden nicht. Im Geschäftsleben gelten die gleichen Regeln wie in der freien Wildbahn und nur die Stärksten überleben. Aussenseiter wie ich werden für gewöhnlich verstossen oder eliminiert.

Keine Ahnung, weshalb das bisher noch nicht geschehen ist.

Ich werde berichten.

FORTSETZUNG FOLGT

In eigener Sache

Liebe Leser

Ich hoffe, dass mein Buch Sie zum Lachen brachte und dass – falls Sie nicht das Glück haben, Ihren absoluten Traumberuf zu leben – Ihnen Ihr eigener Job wenigstens etwas harmloser erscheint.

Gelegentlich wird mir die Frage gestellt, ob die beschriebenen Ereignisse echt sind und, falls ja, welche genau. Das bleibt im Moment mein Geheimnis – mit einer Ausnahme: Der Einführungstag hat genau so, wie in diesem Buch beschrieben, stattgefunden. Nur war ich nicht als Beobachter da, sondern als Opfer.

Haben **Sie selbst in Ihrer Firma Verrücktes erlebt** oder waren Sie gar an einem **Einführungstag,** der Ihnen zu denken gab? Ich würde mich freuen, davon zu hören. Meine E-Mail-Adresse lautet bbb@pongu.ch. Auch generelles Feedback oder Hinweise zu Tippfehlern nehme ich jederzeit gerne entgegen.

Als Autor bei einem kleinen Independent Verlag freue ich zudem sehr **über jede Weiterempfehlung, Rezension auf Amazon** oder **Verlinkung auf die Website meines Verlegers** www.pongu.ch.

Ich wünsche Ihnen viele private und berufliche Erfolgsmomente und spannende Lesestunden.

Nicolas Wydmer

Über Nicolas Wydmer

Für das Bullshit Bingo Blog kann Nicolas Wydmer auf über 20 Jahre Berufserfahrung zurückgreifen. Leider verbarg er seine Leistungen nicht gut genug vor seinen Vorgesetzten und wurde irgendwann selbst ins Management berufen. Seither hat er in etwa jede Verrücktheit schon erlebt oder beobachtet.

Nicht alle im Buch beschriebenen Erfahrungen sind seine eigenen. Es besteht also kein Grund, den psychologischen Notfalldienst zu verständigen – seinetwegen zumindest. Der Rest des Managements würde sicher von einer Therapie profitieren.

Besuchen Sie Nicolas Wydmer:

Auf seiner Website www.bullshit-bingo-blog.ch, wo er regelmässig zu Kommunikationsthemen schreibt.

Auf Twitter: @NicolasWydmer